天若有情天亦老

——流传千古的浪漫主义诗词

武庆新／著

北京工业大学出版社

图书在版编目(CIP)数据

天若有情天亦老：流传千古的浪漫主义诗词 / 武庆新著. —北京：北京工业大学出版社，2016.4
ISBN 978-7-5639-4597-9

Ⅰ. ①天… Ⅱ. ①武… Ⅲ. ①诗词—作品集—中国—古代 Ⅳ. ①I222

中国版本图书馆 CIP 数据核字（2016）第 012671 号

天若有情天亦老——流传千古的浪漫主义诗词

著　　者：武庆新
责任编辑：马潇潇
封面设计：尚世视觉
出版发行：北京工业大学出版社
（北京市朝阳区平乐园 100 号　邮编：100124）
010-67391722（传真）　bgdcbs@sina.com
出 版 人：郝　勇
经销单位：全国各地新华书店
承印单位：北京建泰印刷有限公司
开　　本：787 毫米 × 1092 毫米　1/16
印　　张：16
字　　数：152 千字
版　　次：2016 年 4 月第 1 版
印　　次：2016 年 4 月第 1 次印刷
标准书号：ISBN 978-7-5639-4597-9
定　　价：30.00 元

前　言

天马行空的想象，不受现实的羁绊，大胆夸张的手法，对理想和未来充满憧憬与追求，这就是浪漫主义诗词作品中散发出来的神采和魅力。在一首首浪漫主义诗词里，我们能看到一个个美幻如画的世界，能体味到一个个浪漫主义诗词大家的英伟与不凡，他们一个个情感真挚而奔放，对理想执着而坚定，散发着浓郁的浪漫主义气息。

当然，这一缕浪漫气息也使得世界更加绚烂、奇妙，令人沉醉。也正是因为这样，浪漫主义诗词汇成了一条五彩的长河，成了如画的江山上一道最靓丽的风景线。而这些浪漫主义诗词大家，在壮美如画的江山面前，犹如闪烁在夜空中的群星，交相辉映，散发着最璀璨的光芒。

浪漫主义在中国古典文学中源远流长，而要追溯浪漫主义流派的成员，最早无疑是《诗经》中那些浪漫主义诗篇的无名作者了。众所周知，《诗经》是中国古典文学现实主义风格的源头，但是它所收录的诗歌中也较多地体现出了浓郁的浪漫主义色彩，出现了许多具有浪漫主义色彩的佳作。

《诗经》之后，便是我国最早的浪漫主义诗人屈原，他是中国浪漫主义诗歌的奠基人，是“楚辞”的创立者和代表作者，也开创了“香草美人”的传统。诗作中，他采用大量的神话传说，构思奇特、想象丰富、文采华丽，富有浪漫主义精神，对后世浪漫主义文学的发展也产生了深远的影响。

在魏晋南北朝时期，又涌现了曹操、左思、鲍照等大量的浪漫主义诗人。他们的诗取材于现实而赋予其浪漫主义激情和斗志，抒发理想和抱负，使得诗作富有积极的浪漫主义神采，让人读来热血沸腾，壮志满怀。

到了唐朝时期，浪漫主义文学发展到了崭新的高度，尤其是一代诗仙李白，堪称浪漫主义大师级人物，他继承了前辈浪漫主义创作的成就，继屈原之后，掀起了浪漫主义诗歌创作的新高峰。而除他之外，唐代还涌现了王维、柳宗元、李贺等一批优秀的浪漫主义诗人。

至于宋朝时期，诗词的发展空前繁荣，词坛上也不乏浪漫主义大家，其中苏轼、辛弃疾、陆游都是浪漫主义诗词大家的杰出代表。他们感叹时艰，气势豪迈，为浪漫主义诗词世界增添了无穷的魅力。

因此，这些浪漫主义诗词就像一支支神奇的画笔，它们写下了诗词大家的志趣，描绘了奇妙绚丽的世界，为我们更好地观察世界打开了一扇最优雅、最唯美的窗。

下面，我们就一起跟随着浪漫主义诗人的脚步，翻开书页，在浪漫主义诗词中感受多姿多彩的历史与人生。

目　录

第一章　先秦时期的浪漫主义诗词

第二章　魏晋南北朝时期的浪漫主义诗词

第三章　唐朝时期的浪漫主义诗词

第四章　宋朝时期的浪漫主义诗词

第一章　先秦时期的浪漫主义诗词

《诗经》是中国历史上最早的一部诗歌总集，也是我国古典文学现实主义风格的源头和杰出代表。但是，不可否认，《诗经》中的很多诗作也体现出浓郁的浪漫主义色彩，具备一定的浪漫主义特色。而继《诗经》之后，《楚辞》更成为中国文学史上第一部浪漫主义诗歌总集，伟大诗人屈原成为我国浪漫主义诗歌的奠基人。屈原的诗作采用了大量的神话传说，构思奇特、想象丰富、文采华丽，对后世影响深远。

诗经·周南·关雎

关关雎鸠，在河之洲。
窈窕淑女，君子好逑。

参差荇菜，左右流之。
窈窕淑女，寤寐求之。
求之不得，寤寐思服。
悠哉悠哉，辗转反侧。

参差荇菜，左右采之。
窈窕淑女，琴瑟友之。
参差荇菜，左右芼之。
窈窕淑女，钟鼓乐之。

全诗大意如下：“关关和鸣的雎鸠，相伴在河中的沙洲。那美丽贤淑的女子，是君子的好配偶。参差不齐的荇菜，从左从右去捞它。那美丽贤淑的女子，醒来睡去都想追求她。追求她却没法得到，白天黑夜总思念她。长长的思念哟，教人翻来覆去难睡下。参差不齐的荇菜，从左从右去采它。那美丽贤淑的女子，奏起琴瑟来亲近她。参差不齐的荇菜，从左从右去拔它。那美丽贤淑的女子，敲起钟鼓来取悦她。”

众所周知，《诗经》是我国历史上最早的一部诗歌总集，也是我国古典文学现实主义风格的源头。但实际上，《诗经》也是我国浪漫主义文学的开端。仔细阅读后，我们就会发现其中也有许多具有浓郁的浪漫主义色彩的诗作。而《诗经》中的《关雎》就是这样一篇具有浓郁浪漫主义色彩的佳作。

这首诗作是《诗经》的第一篇，也是一首描写青年男女爱情生活的情歌。在这首诗作里，诗人巧妙地采用“兴”的浪漫主义表现手法，描绘了男子对女子疯狂的相思和追求，赞美肯定了纯情真爱，颂扬坚贞不渝的婚姻理想，倡导对女性人格的尊重。“兴”本来是中国诗歌的一种传统的表现手法，开始出现于《诗经》，但是“兴”也是以抒情为目的的文学作品常用的表现手法，其最高的艺术境界的体现就是浪漫主义。这首《关雎》以“兴”的表现手法显示出了浓郁的浪漫主义色彩。

“关关雎鸠，在河之洲。窈窕淑女，君子好逑。”诗作的前四句，诗人描绘了雎鸠相向合鸣、相依相恋的情景。而且，这里诗人以眼前所见的事物起兴，并以对爱情忠贞不渝的雎鸠作比，比兴结合，既突显了诗作歌颂爱情的主题，又增强了诗歌的艺术感染力，使得诗作笼罩着一层浓郁的浪漫气息。

其中，“雎鸠”据说是一种水鸟，一般认为是鱼鹰，这种水鸟情感专一，如果一方死了，另一方就会忧思不食，憔悴而死，极笃于伉俪之情。“淑女”是指娴静美好的女子，“君子”是指兼有地位和德行的男子。这里，诗人以合鸣的雎鸠展开丰富的联想，兴起淑女配君子的观点。显然，这使得诗作在不知不觉中被浪漫主义气息所笼罩，变得更加浪漫唯美。

“参差荇菜，左右流之。窈窕淑女，寤寐求之。”长短不齐的荇菜，从船的左右两边捞它。娴静美好的女子，日日夜夜都想追求她。这里，诗人以打捞荇菜的场景起兴，展开丰富而浪漫的联想，表达对娴静美好女子的追求之意。

其中，“荇菜”是一种多年生水生草本，茎细长柔软且多分枝，匍匐生长，节下生根，漂浮在水面上，而叶片形似睡莲，小巧别致，鲜黄色的花朵挺出水面，非常的静美而优雅。青年男子看见打捞荇菜的淑女，看到荇菜柔美娴静的姿态，不禁产生对娴静美丽女子的追求之意。这种充满浪漫色彩的想象把青年男子的心理活动描写得活灵活现，如在眼前。而且，不仅如此，诗人在描写了男子的追求之意后，又进一步展开描述，表现青年男子求而不得辗转反侧的深切思念和焦虑状态。

“求之不得，寤寐思服。悠哉悠哉，辗转反侧。”这里，诗人采用了曲折的浪漫主义表现手法，在青年男子萌生追求之意后，诗人随即掉转笔端，把描写的重点转移到男子求而不得的思念与牵挂状态。男子追求女子的情况大抵如此吧，这其中多少有些波折和考验。就这样，青年男子日夜思念牵挂着女子，每天在床上翻来覆去难以入眠。此时，诗人对男子心理活动的描写更深了一层。当然，这些都是诗人浪漫主义想象的结果，是诗人对情爱中男子心理活动的揣测。

“参差荇菜，左右采之。窈窕淑女，琴瑟友之。”这时，青年男子在经历了追求、求而不得的情感经历之后，诗人把笔触放在了男子下一步的追求行动。青年男子为了追求美丽的女子，他弹琴鼓瑟以表示亲近。而且，在这个过程中，诗人仍然以荇菜起兴，展开浪漫主义想象，把男子想方设法亲近女子的状态形象而生动地描绘了出来。

“参差荇菜，左右芼之。窈窕淑女，钟鼓乐之。”结尾四句，诗人描写了青年男子以钟鼓之乐来取悦女子，两情相悦的状态。当然，这里还是以采摘荇菜起兴，表示青年男子对女子的钟情，并竭尽全力地让自己喜欢的女子高兴。就这样，在一片琴瑟钟鼓之乐中，彼此的感情相互靠近，结成了琴瑟之好，美满的婚姻也就从这里开了头。而至此，中间的一番波折和考验，也都变成了十分宝贵而甜蜜的回忆。

事实上，妙龄女子怀春，翩翩少年钟情是天经地义的事情。在这里，诗人以男女之间的情爱作为诗作的描写主题，充分表示了诗人对男女情爱的肯定。诗人笔下的男女情爱是自然纯净而唯美的，诗人承认男女情爱是自然而正常的感情，又要求世人对这种感情加以克制，使其符合当时社会的道德要求。只有这样，君子淑女的婚配才能有一个完美的结局。

总之，《诗经》中的这首《关雎》情感真挚动人，语言优美生动，通过诗人的浪漫主义想象和表现手法，把青年男子对美丽女子的相思及追求描写得恰到好处，充分显示了诗人对爱情的向往和追求，表明了诗人对爱情的理想主义态度，使得这首诗歌具有积极的浪漫主义色彩。

诗经·邶风·静女

静女其姝，俟我于城隅。
爱而不见，搔首踟蹰。

静女其娈，贻我彤管。
彤管有炜，说怿女美。

自牧归荑，洵美且异。
匪女之为美，美人之贻。

全诗大意如下："娴静姑娘真是漂亮，约我等在城角之旁。视线遮蔽看不见，搔头徘徊心紧张。娴静姑娘真的娇艳，送我新笔红笔管。鲜红笔管有光彩，爱她姑娘好容颜。远自郊野赠柔荑，诚然美好又珍异。不是荑草长得美，而是美人相赠情意厚。"

这首诗作出自《诗经·国风·邶风》，是先秦时代陈地汉族民歌，也是《诗经》中描写男女之情极为生动活泼的一篇。在这首诗作中，诗人通过描写一对青年男女炙热相爱，在城角幽会的情景，表现了男子对恋人温柔娴静的称赞以及对她的深深情意，体现出年轻男女之间纯美爱情的美好。而且，全诗充满了幽默和健康快乐的情绪，尤其是诗人对于青年人恋爱的心理描写惟妙惟肖，具有一定的浪漫主义色彩。

"静女其姝，俟我于城隅。爱而不见，搔首踟蹰。"在诗作的前四句，诗人以极为精练而传神的笔触描写了青年男女相约于城角的场景。此时，有一位美丽而又娴静的姑娘，与小伙子相约在城角旁会面。急切的小伙子早早赶到了约会地点，焦急地张望着姑娘的身影，可是不料却被树木房舍等东西挡住了视线，于是只能抓耳挠腮，徘徊原地。前两句是交代背景，而后两句是描写人物心理。

显然，这是青年男子与女子的第一次约会，也可以想到，在约会之前，他们曾经邂逅，并且对彼此都有好感。男子诚实憨厚，女子美丽娴静。“静女其姝，俟我于城隅”看似是简单的叙述，交代约会的地点，可实际上却包含了青年男子浓烈而炙热的情感，我们能够从中感受到青年男子在此时内心是多么欢快和喜悦。虽然只此简短的两句，但是一句“静女其姝”，就可以体现青年男子此时此刻内心深处对女子的无限爱慕和欣赏。虽然这位女子的形象始终未曾被直接描述，但这小伙子对女子浓烈的情感已经跃然纸上。

加上后两句“爱而不见，搔首踟蹰”，虽然诗人描写的是人物的外在动作，却极具表现力，它很好地刻画了人物的内在心理活动，栩栩如生地塑造出一位恋慕至深、如痴如醉的有情人形象。可见，这四句看似平淡，实则融注了诗人极大的心力。诗人把青年男子与女子约会的场景描绘得活灵活现，浪漫传神。

接着，女子在男子的焦急等待中，终于进入了男子的视野。“静女其娈，贻我彤管。彤管有炜，说怿女美。”美丽而娴静的姑娘，赠送给男子一只红笔管，这红笔管色彩光艳，男子看到这支笔管，就会想到女子那红润的面容。可见，男子对女子的礼物是非常喜爱和珍视的。睹物思人，彤管此时无疑成了男子的相思之物。

然而，女子赠送给男子的礼物还不止这个。“自牧归荑，洵美且异。匪女之为美，美人之贻。”在郊野之中，女子还亲手拔了一棵荑草赠予男子。男子看着女子亲自从郊野采来的荑草，顿感无比的珍贵，对荑草甚至比那彤管还要喜爱。照理说，彤管比荑草要贵重，但男子对受赠的彤管只是说了句“彤管有炜”，欣赏的是它鲜艳的色泽，而对受赠的普通荑草却由衷地大赞“洵美且异”，欣赏的不是其外观而别有所感。可见，物微而意深，这小小的一棵荑草却包含了女子对男子的浓浓情意。

看来，此时此刻，男子对女子的喜爱已然超乎外表的追求和迷恋。彤管代表着女子红润娇美的容颜，而荑草代表着女子对男子真心的爱慕和肯定，男子此时对荑草的无比珍视，显然说明了此时男子已经进入了追求彼此内心和谐的更高层次的爱情境界。“匪女之为美，美人之贻”也有力地印证了这一点。同时，初生的荑草将来会长成茂盛的草丛，也象征了他们彼此之间的爱情将有更进一步的发展。

可见，诗人在描述这对青年男女之间的爱情时，融注了浓烈的情感，运用了浪漫主义的构思和表现手法，充分表示出了男子率真纯朴的一腔痴情，使得读者深受触动。而且，借此表达了诗人对美好爱情的赞美和向往，使得诗作笼罩着一层浓郁的浪漫主义气息。

诗经·秦风·蒹葭

蒹葭苍苍，白露为霜。
所谓伊人，在水一方。
溯洄从之，道阻且长。
溯游从之，宛在水中央。

蒹葭凄凄，白露未晞。
所谓伊人，在水之湄。
溯洄从之，道阻且跻。
溯游从之，宛在水中坻。

蒹葭采采，白露未已。
所谓伊人，在水之涘。
溯洄从之，道阻且右。
溯游从之，宛在水中沚。

全诗大意如下："大片的芦苇青苍苍，清晨的露水结成霜。我所怀念的心上人啊，就站在河水那一方。逆流而上去追寻她，追随她的道路险阻又漫长。顺流而下去找寻她，她仿佛在河水中央。”

“河边芦苇密又繁，清晨露水尚未晒干。我那魂牵梦绕的心上人啊，她就在河岸那一边。逆流而上去追寻她，那道路险阻攀登难。顺流而下去找寻她，她仿佛在水中小滩。”

“河畔芦苇繁茂连绵，清晨露滴尚未被蒸发完毕。我那苦苦追求的心上人啊，她就在水边那一头。逆流而上去追寻她，那道路弯曲又艰险。顺流而下去找寻她，她仿佛在水中洲。”

这首诗作出自《诗经·国风·秦风》，是一首怀念情人的恋歌。在这首诗作里，主人公思念的对象可望而不可即，中间阻隔千重，因此他思心徘徊，不能自抑地生发出无限的惆怅之情。诗人则在诗作中把这种思恋之情描绘得真实、曲折、动人，极富浪漫主义色彩。

“蒹葭苍苍，白露为霜。”诗人在开头两句描写了一幅秋苇苍苍、白露茫茫、寒霜浓重的清凉景色，从而暗衬出主人公身处此时此景的心情。其中，“蒹葭”是荻苇、芦苇的合称，皆是水边所生，随风摇荡，若飘若止，若有若无。因此，蒹葭往往寄托着人们的悠悠情思。而“白露为霜”则传递出此时已经是深秋时节，而天才刚刚破晓，所以芦苇叶片上还存留着夜间露水凝成的霜花。

就是在这样一个深秋的清晨，主人公来到河边，看见还带着霜露的茫茫芦苇丛，不禁陷入了无限的冷寂和落寞之中。这芦苇丛是牵动情思的地方，它在江边若飘若止，似静还动，而这种感觉就像是主人公对心上人无限的思念和牵挂。显然，这里诗人以“蒹葭”和“白露”起兴，以浪漫主义的表现手法，烘托和表现了主人公此时此刻忧思难解的相思之情。那么，主人公苦苦思念和盼望的心上人在哪里呢？

“所谓伊人，在水一方。”眼前本来是秋景寂寂，秋水漫漫，一派萧瑟，可是主人公看到那摇荡的芦苇，不禁牵出了他对恋人牵肠挂肚的思念，他似乎望见自己朝思暮想的心上人就在水的那一边，就在那里等着自己。显然，这是主人公的幻觉，是诗人由此时此刻的情景而生发的浪漫主义想象。当然，这个想象是合理的而且是合乎主人公的心意的，他此刻最希望的也不过如此了。

“溯洄从之，道阻且长。”此时，主人公沿着河岸向上游走，急急忙忙地去寻找着心上人的踪迹，可是道路上障碍重重，很难前行且迂曲遥远。看来，主人公对心上人的思念是极深的，诗人也以浪漫主义想象有意地为这对相互思念之人增添了不少的波折和障碍，以凸显主人公内心的急切。

“溯游从之，宛在水中央。”主人公在河上极力地寻找着心上人，却发现怎么也到不了她的身边，她仿佛就站在水中央，可望而不可即。显然，到这里，我们能够明显地察觉到，“所谓伊人，在水一方”只不过是诗人的浪漫主义想象，是诗人对主人公心境的大胆揣度和猜测。这时，似乎主人公的眼前浮现出了一个迷离的身影，似真似假，可不管主人公在水中如何追寻，总是无法接近她，她看似站在河水那一边，但又仿佛在水中央。

也正是因为这样，主人公只能兀自在水边徘徊，忧思不安。无疑，这显然勾勒出了一种朦胧迷离的意境，以浪漫主义的表现手法，把主人公对心上人深切的思念和无限的痴迷描绘得淋漓尽致，使得诗篇蒙上了一片迷惘与感伤的浪漫主义情调。实际上，主人公的心上人并不存在，她既不在河岸的另一边，也不在水中央。所谓情之所至，发之于物，主人公对心上人的思念和牵挂其实都是诗人的一种形象而生动的浪漫主义描绘。

而且，可见而不可求，可望而不可即，也更加加深了主人公对心上人的渴望与爱慕程度。而一个“宛”字，也表明心上人的身影是隐约缥缈的，或许根本上就是主人公痴迷心境下生出的幻觉。因此，这是诗人浪漫主义情怀的体现，是诗人被岸边凄清的秋景所触发的感慨。

接着，诗人沿着这样的情感基调，随着时间的推进，一步步地咏叹和描绘主人公对心上人的思念和牵挂。“蒹葭凄凄，白露未晞。所谓伊人，在水之湄。溯洄从之，道阻且跻。溯游从之，宛在水中坻。”这时，蒹葭之上的残霜已经因为气温的升高而化为露水，主人公想方设法地追寻心上人，排除万难，可是她却好像始终在水中的小滩或高地。时间一点一点地过去了，主人公依然在苦苦追寻自己的心上人，不畏艰辛，可是结果仍然是可望而不可即，她好似一动不动伫立在水中小洲，但主人公又好像怎么也到达不了。

可尽管如此，主人公依旧没有放弃追寻。“蒹葭采采，白露未已。所谓伊人，在水之涘。溯洄从之，道阻且右。溯游从之，宛在水中沚。”此时，蒹葭上的露水在阳光的照射下已经蒸发，时间又过了好一阵子，主人公在弯弯曲曲的水道中追寻，可是意中人依然若有若无，难以寻觅。

可见，诗人在这首诗作中，把暮秋特有的景色与主人公委婉惆怅的相思之情交融在一起，从而渲染了全诗的气氛，创造了一个扑朔迷离、情景交融的意境。而且在诗作中，诗人通过一次又一次的幻觉描写，把实情实景与幻象结合在一起，虚实相生，并借助意象的朦胧感来加强抒情写物的感染力，具有浓郁的浪漫主义色彩。

另外，诗意的空幻也极大地扩展了诗作的内涵和空间。从主人公锲而不舍的精神状态，我们也能够从中体味到一定的象征意味。其中，“在水一方”为企慕的象征，“溯洄”“溯游”“道阻且长”“宛在水中央”是反复追寻与追寻的艰难和希望渺茫的象征。这里，诗人似在描写主人公对心上人的无限思想和牵挂，也似在表达自己对美好理想的苦苦追寻，只不过最后却总是不得实现。

总之，《诗经》中的这首《蒹葭》具有十分浓郁的浪漫主义色彩，其丰富的浪漫主义表现手法，意象的朦胧和迷茫，都使得整首诗生发出无穷的韵味，有着极强的艺术感染力。

诗经·豳风·鸱鸮

鸱鸮鸱鸮，既取我子，无毁我室。

恩斯勤斯，鬻子之闵斯！

迨天之未阴雨，彻彼桑土，绸缪牖户。

今女下民，或敢侮予！

予手拮据，予所捋荼；

予所蓄租，予口卒瘏，曰予未有室家。

予羽谯谯，予尾翛翛；

予室翘翘，风雨所漂摇。

予维音哓哓！

全诗大意如下：“猫头鹰你这恶鸟，已经夺走了我的雏子，再也不能毁去我的窝巢了。我含辛茹苦，早已经为养育雏子而生病！”

“我趁着天还没有阴雨，啄取那桑皮桑根，将窗扇门户缚紧。现在你们树下的人，还有谁敢将我欺凌！”

“我用拘挛的手爪，成把地摘取茅草花；又蓄积干草垫底，喙角也累得病啦，只为了尚未筑好的鸟窝。”

“我的翅羽稀落，我的尾羽枯槁；我的巢穴垂危不稳，正在风雨之中飘荡摇晃。而我却只能惊恐地哀号！”

这首诗作出自《诗经·国风·豳风》，是先秦时代豳地的汉族民歌，也是一首闪放着奇异光彩的寓言。在这篇诗作里，诗人以动物寓言故事的形式，描写了大鸟在鸱鸮抓去它的小鸟之后，为了防御外敌的再次侵害，保护自己的小鸟不怕辛劳的情状。而众所周知，寓言是一种借说故事来寄寓人生感慨或哲理的特殊表现方式。这首《鸱鸮》同样也寄寓了诗人对人生的感慨。

实际上，诗作中母鸟因受鸱鸮的欺凌而丧子破巢的遭遇，以及它在艰辛生存中因不能把握自身命运所产生的深深恐惧，正是广大下层人民悲惨情状的生动写照。而母鸟那惨怛的呼号和凄怆的哀诉，正传达着长期以来备受欺凌和压迫的人们的不尽悲愤。因此，诗人在诗作中展开浪漫主义想象，使用比兴手法，取形相比，可谓形神兼备，具有浓郁的浪漫主义色彩。

“鸱鸮鸱鸮，既取我子，无毁我室。恩斯勤斯，鬻子之闵斯！”诗作的一开篇，诗人就交代了诗作的主角以及主角此时此刻面临的困境，发出的哀号。这首诗作的主角，是一只孤弱无助的母鸟。这时，凶恶的鸱鸮刚刚洗劫了它的巢穴，攫去了它的雏鸟，而鸱鸮还在高空中得意地盘旋。这对于母鸟来说，无疑是个巨大的打击。于是，母鸟发出哀号“鸱鸮鸱鸮，既取我子，无毁我室”，表现了母鸟目睹“飞”来横祸后的极度惊恐和哀伤。

就这样，诗人寥寥数笔就在母鸟的哀号中，勾勒出了一幅母鸟飞归，子去巢破的悲惨景象。而且，在诗人浪漫主义的描述中，当母鸟仰对高空，发出凄厉呼号的时候，人们似乎能够体会到它此刻该是怎样的毛羽愤竖、哀怒交集。但鸱鸮的强悍，又不是孤弱的母鸟能够抵抗和反击的。这时，怆怒的呼号随着鸱鸮的远去而渐渐淡去，母鸟也只能哀叹“恩斯勤斯，鬻子之闵斯”了。这伤心的呜咽传自寥廓无情的天空，传自风高巢危的树顶，而凝聚在两行短短的诗中，不禁让人心生恻隐。无疑，这里融注了诗人强烈的情感，诗人对母鸟的遭遇寄予了深切的同情，对凶恶的鸱鸮表示了无言的批判。

但是，需要注意的是母鸟对于鸱鸮来说虽然处于弱势，但也并非任其宰割。在巨大的灾祸面前，它仍然表现出坚强的一面。丧子破巢的哀伤赋予了它保护后代的勇气和毅力，它又一次抬起它高傲的头颅，大声呼喊：“迨天之未阴雨，彻彼桑土，绸缪牖户。今女下民，或敢侮予！”这时，哀伤的母鸟趁着天晴之际，急急忙忙地修复被鸱鸮破坏的巢穴。它时而飞落在桑树林间，啄剥着桑皮根须；时而飞返树顶，口衔着韧须细细缠缚巢穴。

无疑，母鸟在费尽心力地修复巢穴，以确保巢穴的安全，其中“绸缪”就形象地传递出了母鸟此刻缚结之紧密，而“啾啾”的几声带有警惕和自豪的叫声，也表示出了母鸟对缚扎紧密的鸟巢的骄傲自许，以及对欺凌鸟儿的“下民”的警告。显然，母鸟的身上具有一种坚韧、顽强的品质，令“下民”不敢侵犯。

可是尽管如此，母鸟依旧处于弱势，巢穴的安危依然面临着巨大的威胁。因此，母鸟丝毫不敢懈怠，尽全力地修补加固巢穴。“予手拮据，予所捋荼；予所蓄租，予口卒瘏，曰予未有室家。”此时，母鸟为了成把地摘取那些茅草花，蓄积干草垫底，鸟爪都拘挛了，喙角都累病了。显然，孤弱的母鸟为了生存，为了保卫巢穴，付出了极大的代价。

然而，还不止于此。“予羽谯谯，予尾翛翛；予室翘翘，风雨所漂摇，予维音哓哓！”母鸟在辛勤的劳作之后，羽毛、羽尾也全然失去了往日的细密和柔润，变得稀疏枯槁。这是多么凄怆的处境啊，这时母鸟反观自身，看着鸟爪拘挛，喙角累病，羽毛和羽尾失去细密和光泽，无限的悲苦正如潮水般涌来，令母鸟身心憔悴。而这状况是它无法改变的，这或许就是它的宿命。

不过，更加无奈的是，面对鸱鸮的进犯，母鸟尚且可以凭借非凡的勇气全力一搏，但是对于这天地之间的疾风暴雨，母鸟就无力抵抗了。此时，母鸟费尽心力修补加固的巢穴正在风雨之中飘摇，而它也只能惊恐地哀号，别无他法。

“风雨所漂摇，予维音哓哓！”可见，母鸟辛苦守护的巢穴依然面临着严峻的考验和挑战。这是母鸟无法掌控的，在这种情况下，母鸟也只能以一声声“哓哓”的鸣叫，穿透摇撼天地的风雨，喊出不能掌控自身命运的无限哀伤。

就这样，诗人的这篇《鸱鸮》堪称代鸟写悲的杰作。在诗作中，诗人形象而生动地描写了母鸟既丧爱雏又遭巢破的巨大伤痛，以及在艰苦的生存环境下无法掌控命运的无限悲哀。而且，诗人在这里不仅仅是描写母鸟的悲哀，更是以浪漫主义的艺术表现手法描写处于社会底层的人民的悲惨境遇。诗人以鸟喻人，想象丰富而深刻，感情真挚而强烈，具有十分浓郁的浪漫主义色彩。

诗经·大雅·生民

厥初生民，时维姜嫄。

生民如何？

克禋克祀，以弗无子。

履帝武敏歆，攸介攸止。

载震载夙，载生载育，时维后稷。

诞弥厥月，先生如达。

不坼不副，无菑无害，以赫厥灵。

上帝不宁，不康禋祀，居然生子。

诞寘之隘巷，牛羊腓字之。

诞寘之平林，会伐平林。

诞寘之寒冰，鸟覆翼之。

鸟乃去矣，后稷呱矣。

实覃实讦，厥声载路。

诞实匍匐，克岐克嶷，以就口食。

蓺之荏菽，荏菽旆旆。

禾役穟穟，麻麦幪幪，瓜瓞唪唪。

诞后稷之穑，有相之道。

茀厥丰草，种之黄茂。

实方实苞，实种实褎，实发实秀；

实坚实好，实颖实栗，即有邰家室。

诞降嘉种：维秬维秠，维穈维芑。

恒之秬秠，是获是亩。

恒之穈芑，是任是负，以归肇祀。

诞我祀如何？

或舂或揄，或簸或蹂。

释之叟叟，烝之浮浮。

载谋载惟，取萧祭脂。

取羝以軷，载燔载烈。

以兴嗣岁。

卬盛于豆，于豆于登，其香始升。

上帝居歆，胡臭亶时。

后稷肇祀，庶无罪悔，以迄于今。

全诗大意如下：“当初先民生下来，是因为姜嫄能产子。如何生下先民来？祷告神灵祭天帝，祈求生子免无嗣。踩着上帝拇指印，神灵佑护永远吉利。胎儿时动时静，一朝生下勤养育，孩子就是周后稷。”

“怀胎十月产期满，头胎分娩很顺当。产门不破也不裂，安全无患体健康，已然显出大灵光。上帝心中告安慰，全心全意来祭享，庆幸果然生儿郎。”

“新生婴儿弃小巷，爱护喂养牛羊至。再将婴儿扔在林中，遇上樵夫被救起。又置婴儿于寒冰上，大鸟暖他覆翅翼。大鸟终于飞去了，后稷这才哇哇啼。哭声又长又洪亮，声满道路强有力。”

“后稷很会四处爬，又懂事来又聪明，觅食吃饱有本领。

不久就能种大豆，大豆一片茁壮生。种了禾粟嫩苗青，麻麦长得多旺盛，瓜儿累累果实成。”

“后稷耕田又种地，辨明土质有法道。茂密杂草全除去，挑选嘉禾播种好。不久吐芽出新苗，禾苗细细往上冒，拔节抽穗又结实；谷粒饱满质量高，禾穗沉沉收成好，颐养家室是个宝。”

“上天关怀赐良种：秬子秠子既都见，红米白米也都全。秬子秠子遍地生，收割堆垛忙得欢。红米白米遍地生，扛着背着运仓满，忙完农活祭祖先。”

“祭祀先祖怎个样？有舂谷也有舀米，有簸粮也有筛糠。沙沙淘米声音闹，蒸饭喷香热气扬。筹备祭祀来谋划，香蒿牛脂燃芬芳。大肥公羊剥了皮，又烧又烤供神享，祈求来年更丰穰。”

“祭品装在碗盘中，木碗瓦盆派用场，香气升腾满厅堂。上帝因此来受享，饭菜滋味实在香。后稷始创祭享礼，祈神佑护祸莫降，至今仍是这个样。”

这首诗作出自《诗经·大雅》。诗人以浪漫主义的艺术表现手法，以神话传说的形式追述了周王朝的始祖后稷的事迹，记叙他出生的神奇和他在农业种植方面的特殊才能。从艺术效果来看，这首诗作以大胆丰富的浪漫主义想象介入故事，展开描述，具有十分浓郁的浪漫主义色彩。

“厥初生民，时维姜嫄。生民如何？克禋克祀，以弗无子。履帝武敏歆，攸介攸止。载震载夙，载生载育，时维后稷。”在诗作的开篇部分，诗人首先介绍了姜嫄神奇受孕的故事。根据诗中记载，后稷乃是姜嫄所生。高辛氏帝喾率领其妃姜嫄向生殖之神高禖祈子，姜嫄踏着高辛氏的足印，亦步亦趋，施行了一套传统仪式，便感觉怀了孕，求子而得子。诗人在这里以浪漫主义表现手法描绘了姜嫄神奇的受孕过程。

接着，诗人又运用神话传说的形式，以浪漫主义的笔触，浓墨重彩地描绘后稷的诞生以及他被屡弃而不死的神奇事迹。后稷名弃，其实正是因为他在婴幼儿时期曾屡遭遗弃而来的。在这里，诗人以丰富想象和夸饰，详尽而细致地描写了姜嫄三番两次遗弃后稷而不得的情景，颇具浪漫主义色彩。

“诞弥厥月，先生如达。不坼不副，无菑无害，以赫厥灵。上帝不宁，不康禋祀，居然生子。诞寘之隘巷，牛羊腓字之。诞寘之平林，会伐平林。诞寘之寒冰，鸟覆翼之。鸟乃去矣，后稷呱矣。”后稷足月诞生之后，姜嫄觉得这孩子可能不吉利，于是决定把后稷抛弃。就这样，姜嫄先是把孩子扔到隘巷，但是牛羊并不踩踏他，反而保护着他，给他喂奶。接着，姜嫄又把他扔到平原上的树林里，不料后稷却又遇到樵夫而被救起。最后，姜嫄又把他扔到寒冰上，想要把他冻死，可这时却飞来许多的鸟，它们用翅膀盖着他，给他取暖，他最终还是没有死。

后稷屡遭抛弃都能够存活下来，显然这对一个襁褓中的婴儿来说，充满神奇玄妙的色彩，这也正是诗人浪漫主义艺术表现手法达到的效果。所谓“大难不死，必有后福”，这样一个受到天神庇佑的孩子自然也不是一般人。于是，姜嫄把后稷带回家抚养。

“蓺之荏菽，荏菽旆旆。禾役穟穟，麻麦幪幪，瓜瓞唪唪。诞后稷之穑，有相之道。茀厥丰草，种之黄茂。实方实苞，实种实褎，实发实秀；实坚实好，实颖实粟，即有邰家室。”果然，后稷长大后，成为一名十分具有农耕才干的人才。就这样，后稷在开发农业生产技术方面显示了特殊的禀赋，加上他自幼就表现出的卓越不凡的才能，最终使他被帝尧举为农师，帝舜时又被封到邰地。

后稷所种的农作物品种多、产量高、质量好，丰收之后便创立祀典。“以归肇祀。诞我祀如何？或舂或揄，或簸或蹂。释之叟叟，烝之浮浮。载谋载惟，取萧祭脂，取羝以軷，载燔载烈。以兴嗣岁。卬盛于豆，于豆于登，其香始升。上帝居歆，胡臭亶时。后稷肇祀，庶无罪悔，以迄于今。”在诗作的最后部分，诗人描写了后稷祭祀天神，祈求上天永远赐福的情景，而上帝感念其德行业绩，不断保佑他并将福泽延及他的子子孙孙。在这首诗作中，诗人以浪漫主义的想象和表现手法，极尽夸张，把后稷描绘成了农业之神，呈现出了十分浓郁的浪漫主义色彩。

诗经·商颂·玄鸟

天命玄鸟，降而生商，宅殷土芒芒。

古帝命武汤，正域彼四方。

方命厥后，奄有九有。

商之先后，受命不殆，在武丁孙子。

武丁孙子，武王靡不胜。

龙旂十乘，大糦是承。

邦畿千里，维民所止，肇域彼四海。

四海来假，来假祁祁。

景员维河，殷受命咸宜，百禄是何。

全诗大意如下："天帝发令给神鸟，生契建商降人间，住在殷地广又宽。当时天帝命成汤，征伐天下安四边。昭告部落各首领，九州土地商占遍。商朝先王后继前，承受天命不怠慢，裔孙武丁最称贤。武丁确是好后代，成汤遗业能承担。龙旗大车有十乘，贡献粮食常载满。千里国土真辽阔，百姓居处得平安，四海疆域至极远。四夷小国来朝拜，车水马龙各争先。景山外围大河流，殷受天命人称善，百样福禄都占全。”

这首诗作出自《诗经·商颂》，同样是一首先秦时代华夏族诗歌。在这首诗作里，诗人叙述了商人始祖契诞生的传说以及成汤立国为王的事迹，肯定并歌颂了殷高宗武丁的伟大功业。而且，这首诗作采用神话传说中“玄鸟”这一意象，使得诗作充溢着浓郁的浪漫主义色彩。

“天命玄鸟，降而生商，宅殷土芒芒。”诗作一开篇便以浪漫传奇的艺术表现方式，描绘了商人始祖契诞生的奇特与尊贵。传说，有娀氏之女简狄，浴于河中。天帝命一只玄鸟飞过，坠其卵。简狄吞之，因而怀孕，生了商人始祖契。契是商族由母系氏族社会向父系氏族社会过渡阶段有名的男性首领。而这也就是“玄鸟生商”的神话传说的由来。

接着，诗人又描绘了伟大的商汤立国。“古帝命武汤，正域彼四方。方命厥后，奄有九有。”据史书记载，商族从始祖契到汤，曾先后迁居八次，至汤定居于亳（今河南商丘谷熟镇），为灭夏之战创造了有利条件。后来，初置二相，以伊尹、仲虺等人共同辅助国事，又陆续灭掉邻近的葛国（今河南宁陵一带）以及夏的联盟韦（今河南滑县一带）、顾（今河南商丘范县一带）、昆吾（今河南许昌一带）等部落、方国，十一征而无敌于天下，成为当时的强国，而后作《汤誓》伐夏。汤与桀大战于鸣条（今河南封丘东），桀大败，逃至南巢（今安徽巢湖），汤放逐桀于此地而归于亳。此后三千诸侯大会，汤时为诸侯，被推为天子。三让，诸侯不从，于是汤即天子之位，建立商朝。

可是，诗人在这里却以浪漫主义的表现手法来描写商汤立国的过程。诗人在诗作中写道，商汤立国，乃是上授天命，征伐天下以安四方。也正是因为这样，商汤才得以占遍九州土地。显然，这里诗人采用了“君权神授”的说法，对商汤立国的过程进行了浪漫主义的美化和夸饰。

而在描述了商人始祖契的诞生以及伟大的商汤立国之后，诗人把浪漫主义笔触转移到了殷高宗武丁的身上，实际上，殷高宗武丁也正是诗人要描述和歌颂的重点对象。

“武丁孙子，武王靡不胜。龙旂十乘，大糦是承。邦畿千里，维民所止，肇域彼四海。”诗人在这里对殷高宗武丁的中兴事业之盛赞溢于言表。殷高宗武丁承担起商汤的基业，励精图治，奋发向上，实现了商朝的中兴。这时，商朝有着众多的龙旗大车，国库里也粮草充盈，还有辽阔的国土，四海疆域至极远，百姓也安居乐业。

显然，殷高宗武丁所取得的功绩是极为显著的，甚至与商汤立国的功绩不相上下。在这里，诗人还以商人始祖契和商汤的不朽功业与殷高宗武丁的中兴事业做出了对比。对于商人始祖契的不朽功绩，诗人写道“宅殷土芒芒”，而对于殷高宗武丁的中兴事业，诗人却写道“邦畿千里”，实实在在的辽阔疆土无疑显示了殷高宗武丁的丰功伟绩。而且，诗人在谈及商汤征伐四方的功业时，写道“正域彼四方”，而在描写殷高宗武丁的中兴事业时，则写道“肇域彼四海”。

这一系列的对比，都形象而有力地烘托出了殷高宗武丁无与伦比的丰功伟绩。

“四海来假，来假祁祁。景员维河，殷受命咸宜，百禄是何。”最后，诗人还写道，殷高宗武丁执政时期，四夷小国都来商朝拜，车水马龙纷纷争先的景象。而且，景山（今河南商丘）外围着大河流，人们都认为殷高宗受之天命，使得商占尽百样福禄。可见，诗人对殷高宗武丁的赞赏和肯定是不言而喻的，对殷高宗武丁创下的中兴功绩大力赞美和夸饰，甚至使得商人始祖契和开国之君商汤都黯然失色。

尤其是“四海来假，来假祁祁”，顶针与叠字修辞手法并用，极力说明四方朝贡觐见之众多，极力渲染殷高宗武丁中兴事业之成功，诗人可谓煞费苦心，极尽能事。可以说，诗人在这首诗作中，以饱满而浓烈的情感，运用浪漫主义的艺术表现方式，层层渲染和烘托殷高宗武丁的中兴功绩，使得诗作具有浓郁的浪漫主义色彩。

九歌·湘夫人

帝子降兮北渚，目眇眇兮愁予。

嫋嫋兮秋风，洞庭波兮木叶下。

登白薠兮骋望，与佳期兮夕张。
鸟何萃兮蘋中，罾何为兮木上？

沅有芷兮澧有兰，思公子兮未敢言。
荒忽兮远望，观流水兮潺湲。
麋何食兮庭中，蛟何为兮水裔？
朝驰余马兮江皋，夕济兮西澨。
闻佳人兮召予，将腾驾兮偕逝。

筑室兮水中，葺之兮荷盖。
荪壁兮紫坛，播芳椒兮成堂。
桂栋兮兰橑，辛夷楣兮药房。
罔薜荔兮为帷，擗蕙櫋兮既张。
白玉兮为镇，疏石兰兮为芳。
芷葺兮荷屋，缭之兮杜衡。
合百草兮实庭，建芳馨兮庑门。
九嶷缤兮并迎，灵之来兮如云。

捐余袂兮江中，遗余褋兮澧浦。
搴汀洲兮杜若，将以遗兮远者。
时不可兮骤得，聊逍遥兮容与。

全诗大意如下：“湘夫人快些降临在北洲之上啊，我已忧愁满怀望眼欲穿。凉爽的秋风阵阵吹来，洞庭湖波浪翻涌树叶飘旋。登上长着白薠的高地远望，计算着佳人到来的时间准备晚宴。为何鸟儿聚集在水草间，为何渔网悬挂在大树颠?”

“沅水有白芷澧水有幽兰，眷念湘夫人却不敢明言。放眼展望一片空阔苍茫，只见清澈的流水慢慢地流动。为什么麋鹿在庭院里觅食？为什么蛟龙在水边游荡？早晨我骑马在江边奔驰，傍晚就渡水到了西岸。我听到湘夫人啊在召唤着我，我将驾车啊与她同往。”

“在水中建座别致的宫室，上面用荷叶覆盖遮掩。用香荪抹墙紫贝装饰中庭，厅堂上把香椒粉撒满。用玉桂做梁木兰为椽，辛夷制成门楣白芷点缀房间。编织好薜荔做个帐子，挂上亲手剖开的蕙草编织的隔扇。拿来白玉镇压座席，摆开石兰芳香四散。白芷修葺的荷叶屋顶，有杜衡草缠绕四边。汇集百草充实庭中，让门廊之间香气弥漫。九嶷山的众神一起相迎，到来的神灵众多得像云一般。”

“把我的夹袄投入湘江之中，把我的罩衣留在澧水之滨。在水中的绿洲采来杜若，要把它送给远方的恋人。欢乐的时光难以骤然得到，姑且欢乐自在与共。”

这首诗作出自伟大的爱国诗人屈原的《九歌》组诗十一首，其中《九歌》是组诗的总称，由诗人屈原根据楚地汉族民间祭神的乐歌改写而成，从内容到形式都表现出浓郁的地方特色以及浪漫主义色彩。而湘夫人是先秦时代汉族神话传说中的女神。在这首诗作里，诗人以浪漫主义的表现手法，以湘君思念湘夫人的语调描绘了相恋者的那种心驰神往，祈之不来、盼而不见的惆怅心情，表现出相恋者之间生死契阔、坚贞不渝的爱情，深得后代诗人的赏识和肯定。

屈原是我国最早的浪漫主义诗人。他开创了一种新诗体，具有浓郁的楚国地方色彩，后世称之为“楚辞”，也称这种诗体为“楚辞体”“骚体”。因此，毫不夸张地说，诗人屈原是我国古代第一位有巨大成就的诗人，他完成了一个划时代的任务。他的出现标志着中国诗歌进入了一个由集体歌唱到个人独唱的新时代。同时，更值得称道的是，他开创了浪漫主义的创作风格。而且，屈原作品的浪漫主义风格，在我国古代文学作品中是继先秦理性精神产生的现实主义风格之后，与之相辅相成的又一伟大艺术传统。

而这首《湘夫人》就充分体现了诗人屈原的浪漫主义思想。这首诗作寓情于景，悲怨交织，形象地表现了湘君对湘夫人的殷切思慕和相约却不能见的无限惆怅，并且以楚地传说中的湘水之神作为情节描述的主人公，无疑使得诗作具有浓郁的浪漫主义色彩。

“帝子降兮北渚，目眇眇兮愁予。嫋嫋兮秋风，洞庭波兮木叶下。登白薠兮骋望，与佳期兮夕张。鸟何萃兮蘋中，罾何为兮木上？沅有芷兮澧有兰，思公子兮未敢言。荒忽兮远望，观流水兮潺湲。”诗作的开篇部分，诗人描绘了湘水之神湘君带着虔诚的期盼，久久徘徊在洞庭湖岸边，渴望湘夫人到来的情景。尤其是“嫋嫋兮秋风，洞庭波兮木叶下”，诗人以丰富的想象极力渲染了深秋时节寂静杳然的气氛，有力地烘托出湘君此时此刻的心情。瑟瑟秋风袭来，洞庭湖波浪翻涌落叶纷纷，湘君这种凄寒而起伏的心境跃然纸上，湘君对湘夫人的思念顿如泉涌。

接着，思念急切的湘君登高远望，计算着湘夫人到来的时间。而眼前的一幕又让湘君陷入深切的思念和焦急的等待之中，“荒忽兮远望，观流水兮潺湲”。此刻湘君放眼展望一片空阔苍茫，只见沅水和澧水正在缓缓地向着远方流淌。可是，与湘君约会的人却并没有随流水而来。显然，此刻湘君的内心是无比焦急甚至有些懊丧的。

于是，这时诗人以浪漫主义的想象和夸饰描写了湘君此刻的心境。“麋何食兮庭中，蛟何为兮水裔?”湘君在焦急以及懊丧的心境下，眼前出现了这样一幅视觉假象：生活于沼泽地带的麋鹿竟然跑到庭院里来觅食，生活于深水中的蛟龙竟然来到江岸游荡。这些违背现实的景象，显然是湘君因为长时间的等待而导致心情忧虑，精神恍惚迷离所致。可见，此时此刻，湘君的内心可谓悲怨交织，无比复杂。

但是，湘君对湘夫人的思念还是占主要的，其中的急切跃然纸上。“朝驰余马兮江皋，夕济兮西澨。闻佳人兮召予，将腾驾兮偕逝。”这里，诗人连用“朝驰”“夕济”“腾驾”一系列动词，形象而生动地展现了湘君急切而兴奋地奔赴相会之地，不顾身心疲惫，不顾路途遥远，日夜兼程。诗人这种浪漫主义夸饰把湘君对湘夫人的思念描绘得淋漓尽致。

然后，诗人更是驰骋想象，充分运用浪漫主义的表现手法，描述湘君为湘夫人所准备的一切，有力地表现了湘君对湘夫人用情甚笃。“筑室兮水中，葺之兮荷盖。荪壁兮紫坛，播芳椒兮成堂。桂栋兮兰橑，辛夷楣兮药房。罔薜荔兮为帷，擗蕙櫋兮既张。白玉兮为镇，疏石兰兮为芳。芷葺兮荷屋，缭之兮杜衡。合百草兮实庭，建芳馨兮庑门。”

这时，湘君在水中建座别致的宫室，上面用荷叶覆盖遮掩。而且，在修屋盖房的过程中，湘君用香荪抹墙紫贝装饰中庭，把花椒香料撒满厅堂，用玉桂做梁木兰为椽，辛夷制成门楣，用白芷点缀房间，编织好薜荔做帐子，用手剖开蕙草编织成隔扇。建筑材料华贵多样得令人目不暇接。而且，湘君还拿来白玉镇压座席，摆开石兰使得芳香四散。白芷修葺的荷叶屋顶，让杜衡草缠绕四边。汇集百草充实庭院，让门廊之间香气弥漫。

显然，诗人以丰富大胆的想象和修饰，极力把湘君与湘夫人相会之所描绘得华丽美艳，以流光溢彩的外部环境描写极力衬托出了湘君内心无比的欢快和幸福。而且，湘君用那么多的珍贵材料、奇花异草装饰环境，也有力地表现出了湘君对幸福生活的无限憧憬和对美好理想难以遏制的追求力量。这也正是诗人屈原开辟的“香草美人”的意象。

一切布置就绪，诗人又展开浪漫主义幻想。“九嶷缤兮并迎，灵之来兮如云。”此时，湘君在准备好一切后，幻想着湘夫人到来之后的情景，这时九嶷山的众神一起相迎，神灵多得像天上的云彩一般。无疑，这种浪漫主义幻想带有浓郁的悲剧色彩，湘君其实已经知道恋人的到来毫无希望，只是心中始终不甘。

最后："捐余袂兮江中，遗余褋兮澧浦。搴汀洲兮杜若，将以遗兮远者。时不可兮骤得，聊逍遥兮容与。"在绝望之余，诗人描写到湘君把自己的夹袄、单衣抛向湘夫人经常出没的湘江、澧水之中，希望滔滔的江水能够带去自己美好的心愿。湘君还拔出约会地点的杜若，以待将来向湘夫人诉说此次无缘会面的痛苦。无疑，湘君一直处在对湘夫人的深切思念之中，诗人也以极大的浪漫主义情怀把这一思念形象而生动地描绘了出来，使得诗作浪漫唯美，独具神采和魅力。

九歌·山鬼

若有人兮山之阿，被薜荔兮带女罗。
既含睇兮又宜笑，子慕予兮善窈窕。

乘赤豹兮从文狸，辛夷车兮结桂旗。
被石兰兮带杜衡，折芳馨兮遗所思。

余处幽篁兮终不见天，路险难兮独后来。

表独立兮山之上，云容容兮而在下。

杳冥冥兮羌昼晦，东风飘兮神灵雨。

留灵修兮憺忘归，岁既晏兮孰华予？

采三秀兮于山间，石磊磊兮葛蔓蔓。

怨公子兮怅忘归，君思我兮不得闲。

山中人兮芳杜若，饮石泉兮荫松柏，君思我兮然疑作。

雷填填兮雨冥冥，猨啾啾兮又夜鸣。

风飒飒兮木萧萧，思公子兮徒离忧。

全诗大意如下：“仿佛有人经过深山谷坳，是我身披薜荔啊腰束女罗。含情流盼啊嫣然一笑，你会羡慕我温柔而可爱啊形貌又非常姣好。驾着赤豹啊紧跟花狸，辛夷为车啊桂花饰旗。我披着石兰啊结着杜衡，而且又折枝鲜花啊聊寄相思。竹林深处啊暗无天日，道路险峻啊独自来迟。”

“孤身一人啊伫立山巅，云海茫茫啊浮动卷舒。山色幽暗啊白昼如夜，东风狂舞啊神灵降雨。我痴情等你啊忘却归去，红颜凋谢啊怎能永葆青春？我在山间采撷益寿的灵芝，岩石磊磊啊葛藤四处缠绕。抱怨公子啊怅然忘却归去，你思念我啊却没空到来。”

“山中人儿就像杜若般芬芳，口饮石泉啊头顶松柏，你想我啊是真是假。雷声滚滚啊细雨蒙蒙，猿鸣啾啾啊夜色沉沉。风声飒飒啊落叶萧萧，思慕公子啊独自悲伤。”

这首诗作是伟大诗人屈原的一首祭祀山鬼的祭歌，出自《楚辞·九歌》。在这首诗作里，诗人叙述了一位多情的山鬼，在山中与心上人幽会以及等待心上人而心上人未来的情景。而且，诗人在描绘的过程中，幻想与现实交织在一起，以人神结合的方式描绘了一个瑰丽而又奇幻的神鬼形象，具有浓郁的浪漫主义色彩。

其中，“山鬼”即一般所说的山林女神，因为未获得天帝的正式册封不在正神之列，故而称之为山鬼。而且，山鬼还是一个非常可爱的爱情女神，她调皮、快乐、浪漫，与人类的年轻男子做着爱情游戏。虽然人神的爱情不可能开花结果，但山鬼对爱情非常执着，非常痴情。文中的山鬼实际上是祭祀鬼神时盛装出行的年轻巫女的神化形象。在诗作中，诗人以“山鬼”内心独白的方式，将山鬼等待心上人前来未果的心情娓娓道来，生动而传神地塑造了一个美丽、率真、痴情的少女形象。

“若有人兮山之阿，被薜荔兮带女罗。既含睇兮又宜笑，子慕予兮善窈窕。乘赤豹兮从文狸，辛夷车兮结桂旗。被石兰兮带杜衡，折芳馨兮遗所思。”诗作一开头，诗人就对山鬼的装束进行了精妙的描摹，使得楚人传说中的山鬼形象跃然纸上。一个“若”字描写了山鬼在山隈间忽隐忽现的身影，给人一种神奇缥缈之感。

接着，诗人具体描绘了山鬼的风采。她身披薜荔，腰束女罗，清新鲜翠。而且，她一双眼睛正微微转动，蕴含着脉脉深情；嫣然一笑，齿白唇红，笑靥生辉。“既含睇兮又宜笑”，诗人此处对其眼神和笑意的描摹，与《诗经·卫风·硕人》中“手如柔荑，肤如凝脂，领如蝤蛴”之类铺排相比，更显得轻灵传神。当然，这也显示了诗人丰富的想象和浪漫主义的修饰手法。

后一句“子慕予兮善窈窕”，这种不假掩饰的自夸自赞，一下子描摹出了山鬼的活泼、可爱、爽朗的形态，极为精妙。然后，诗人又以浓烈的色彩渲染了山鬼的车驾随从：红色的豹子拉着辛夷香木制作的车，一只山猫在前面带路，车上插着桂花树枝做的旗帜。山鬼身披石兰腰束杜衡，而且山鬼还采摘了很多鲜花放在车上，准备赠送给她所思念的人。这丰富的而生动的形象描绘，可谓极尽诗人浪漫主义之能事，把山鬼对恋人的思念表现到了极致。

可是，山鬼在竹林深处艰难地等待了一天，直到天黑也没有等到恋人出现。“余处幽篁兮终不见天，路险难兮独后来。表独立兮山之上，云容容兮而在下。杳冥冥兮羌昼晦，东风飘兮神灵雨。留灵修兮憺忘归，岁既晏兮孰华予？采三秀兮于山间，石磊磊兮葛蔓蔓。怨公子兮怅忘归，君思我兮不得闲。山中人兮芳杜若，饮石泉兮荫松柏，君思我兮然疑作。”此时，山鬼的心情是十分复杂的。

山鬼在竹林深处等待的过程中，她在心里为恋人的迟迟未出现极力辩解，可能是因为道路艰难的缘故。然而，这样的自我辩解显然是极为脆弱和无力的。随着时间一点一点地流逝，山鬼不由得转而感到失望落寞，于是山鬼在磊磊岩石和蔓蔓葛藤中采撷灵芝，以求青春长驻，容颜不老。但是，这些仍旧不能消除山鬼此刻对恋人久久未到心生的懊恼和哀愁。“君思我兮不得闲”，此时山鬼对于恋人的迟来充满怨愤。

接着，诗人把描述的对象转移到山鬼自己的身上，表示自己如杜若般芬芳。事实上，这时山鬼的抱怨哀愁情绪在进一步蔓延。山鬼似乎觉察到彼此之间的爱情即将消亡，而自己身上的这种品德和品质却都成了无用的摆设。无疑，此时此刻，山鬼在等待恋人的过程中，内心是极其复杂而信疑交错的。

最后，“雷填填兮雨冥冥，猨啾啾兮又夜鸣。风飒飒兮木萧萧，思公子兮徒离忧”。山鬼发出对爱情的哀叹。在这个过程中，诗人以浪漫主义的艺术表现手法，营造了一个雷声、雨声、风声、猿鸣声交织在一起的画面，展现了一幅极为凄凉的山林夜景。正是在这凄风苦雨的无边静寂中，诗人的结尾则是一句突然迸发的哀切呼告之语：“思公子兮徒离忧。”这是山鬼发自心底的痛切指责。她起初曾那样喜悦地拈着花枝，乘着赤豹，沿着曲曲山隈走来，至此却带着强烈的哀怨和愁思，在风雨中凄惨离去，终于隐没在一片雷鸣和风雨中。

无疑，这是一位多情的山鬼。事实上，山鬼的形象也是诗人屈原心中的一种理想的象征。在这首诗作中，贯穿着诗人丰富的想象、夸饰等浪漫主义表现手法。可以说，这首诗作是一首讴歌爱情美的诗歌，也是一篇幽怨曲折、感人肺腑的言志、抒情之作。

本来，山鬼是一位对恋人一往情深，对爱情坚贞不渝的女神，而实际上她指代的就是诗人屈原；女神苦恋着的“公子”即是诗人屈原所寄予希望的对象——楚王。诗作就是通过女神对爱情的执着、坚贞来显示诗人对理想的追求，对祖国的挚爱；女神所处环境的艰险恶劣以及情人失信、食言所带来的心理创伤恰恰反映出诗人当时所处政治环境的险恶以及自身悲惨的命运。因此，这首诗作洋溢着十分浓郁的浪漫主义色彩，满含着诗人浓烈而深沉的浪漫主义情思。

九章·涉江

余幼好此奇服兮，年既老而不衰。

带长铗之陆离兮，冠切云之崔嵬。

被明月兮珮宝璐，世溷浊而莫余知兮，吾方高驰而不顾。

驾青虬兮骖白螭，吾与重华游兮瑶之圃。

登昆仑兮食玉英，与天地兮同寿，与日月兮同光。

哀南夷之莫吾知兮，旦余济乎江湘。

乘鄂渚而反顾兮，欸秋冬之绪风。

步余马兮山皋，邸余车兮方林。

乘舲船余上沅兮，齐吴榜以击汰。

船容与而不进兮，淹回水而疑滞。

朝发枉陼兮，夕宿辰阳。

苟余心其端直兮，虽僻远之何伤。

入溆浦余儃佪兮，迷不知吾所如。

深林杳以冥冥兮，猿狖之所居。

山峻高以蔽日兮，下幽晦以多雨。

霰雪纷其无垠兮，云霏霏而承宇。

哀吾生之无乐兮，幽独处乎山中。

吾不能变心而从俗兮，固将愁苦而终穷。

接舆髡首兮，桑扈臝行。
忠不必用兮，贤不必以。
伍子逢殃兮，比干菹醢。

与前世而皆然兮，吾又何怨乎今之人。
余将董道而不豫兮，固将重昏而终身。

乱曰：鸾鸟凤皇，日以远兮。
燕雀乌鹊，巢堂坛兮。

露申辛夷，死林薄兮。
腥臊并御，芳不得薄兮。

阴阳易位，时不当兮。
怀信侘傺，忽乎吾将行兮！

全诗大意如下：“我自幼就喜欢这奇装异服啊，年纪老了爱好仍然没有减退。腰间挂着长长的宝剑啊，头上戴着高高的切云冠。身上披挂着珍珠佩带着美玉，世道混浊没有人了解我啊，我正向高处奔驰一点不回头看。坐上青龙驾着两边配有白龙的车子，我要同重华一道去游瑶圃。登上昆仑山啊吃那玉中精英，我要与天地啊同寿，我要和日月啊同样光明。可悲啊，南人不了解我，明早我就要渡过长江和湘水了。”

“在鄂渚登岸，回头遥望国都，对着秋冬的寒风叹息。让我的马慢慢地走上水边高地，让我的车来到方林。坐着船沿着沅水向上游前进啊！船夫们一齐摇桨划船。船缓慢地不肯行进啊，老是在回旋的水流里凝滞徘徊。清早我从枉陼起程啊，晚上才歇宿在辰阳。只要我的心正直啊，就是被放逐到偏僻遥远的地方，又有什么损伤?”

“进入溆浦我又迟疑起来啊，心里迷惑着不知我该去何处。树林幽深而阴暗啊，这是猴子居住的地方。山岭高大遮住了太阳啊，山下阴沉沉的并且多雨。雪花纷纷飘落一望无际啊，浮云流动低垂下接屋檐。可叹我的生活毫无乐趣啊，寂寞孤独地住在山里。我不能改变志向去顺从世俗啊，所以难免愁苦终身不得志。”

“接舆剪去头发啊，桑扈裸体走路。忠臣不一定被任用啊，贤者不一定被任命。伍子胥遭到灾祸啊，比干被剁成肉泥。与前世相比都是这样啊，我又何必埋怨当今的人呢！我要遵守正道毫不犹豫啊，所以难免终身处在黑暗之中。”

“尾声唱道：鸾鸟、凤凰，一天天远去啊；燕雀、乌鹊在厅堂和庭院里做窝啊。露申、辛夷，死在草木丛生的地方啊。腥的臭的都用上了，芳香的却不能接近啊。黑夜白昼变了位置，时令节序也不得当。我满怀着忠信而不得志，只好飘然远行了。”

这首诗作是诗人屈原晚年的作品，是一首纪行诗也是一首抒情诗。一种意见认为诗作叙写了屈原于顷襄王九年（公元前 290 年）左右被放逐后，渡江而南下的经历和思想状况，故题名“涉江”。当时屈原在流放途中，渡过长江，登上鄂渚，穿过洞庭，走到沅水上游，在行径辰阳，进入溆浦之后，写下了这首诗。

实际上，此时的屈原对楚王已经完全失望。在这首诗作里，诗人写景和抒情相结合，比喻象征运用娴熟，充分体现了诗人内心对当时社会的深切感受，使得整首诗作洋溢着十分浓郁的浪漫主义色彩。

“余幼好此奇服兮，年既老而不衰。带长铗之陆离兮，冠切云之崔嵬。被明月兮珮宝璐，世溷浊而莫余知兮，吾方高驰而不顾。驾青虬兮骖白螭，吾与重华游兮瑶之圃。登昆仑兮食玉英，与天地兮同寿，与日月兮同光。哀南夷之莫吾知兮，旦余济乎江湘。”这是诗作的第一个部分。在这里，诗人形象而生动地描述了自己理想和现实的矛盾，阐明这次涉江远走的基本原因。

其中，诗人一开篇就描写了他奇装异服，诗人腰佩宝剑，头戴云冠，身带珍珠美玉，这些都形象而有力地烘托出了诗人高洁的品行。而后，诗人以丰富而奇特的幻想，创造了一个优美的神话世界。“驾青虬兮骖白螭，吾与重华游兮瑶之圃。登昆仑兮食玉英，与天地兮同寿，与日月兮同光。”这里，诗人坐上青龙驾驶的两边配有白龙的车子，同重华一道去游瑶圃。登上昆仑山啊吃那玉中精英，与天地同寿，和日月同辉。

无疑，这丰富而奇特的幻想，形象生动地烘托出了诗人高远的志向，使得诗作具有浓郁的浪漫主义色彩。而且，诗人塑造的有着远大的理想、崇高的人格、炽热的感情、不懈的斗志的形象，可以“与天地兮同寿，与日月兮同光”，这已经远远超出世俗和现实之上。

接着，“乘鄂渚而反顾兮，欸秋冬之绪风。步余马兮山皋，邸余车兮方林。乘舲船余上沅兮，齐吴榜以击汰。船容与而不进兮，淹回水而疑滞。朝发枉陼兮，夕宿辰阳。苟余心其端直兮，虽僻远之何伤”。这里，诗人叙述了一路走来途中的经历和自己的感慨。在这一路上，诗人的悲伤情绪跃然纸上，对于故国也有着深切的眷恋。其中，“船容与而不进兮，淹回水而疑滞”。诗人以行船的缓慢，来表现自己对故国的依恋之情。

“入溆浦余儃佪兮，迷不知吾所如。深林杳以冥冥兮，猿狖之所居。山峻高以蔽日兮，下幽晦以多雨。霰雪纷其无垠兮，云霏霏而承宇。哀吾生之无乐兮，幽独处乎山中。吾不能变心而从俗兮，固将愁苦而终穷。”这里，诗人描写了进入溆浦之后，独处深山的情景。其中，“入溆浦余儃佪兮，迷不知吾所如”。诗人以因为地点生疏而迷路，来表现诗人对前途渺茫感到惶惑苦闷的心理情绪。而下面几句，则进一步地描写了深山之中荒凉凄冷的自然环境，有力地烘托出了诗人孤独、彷徨、抑郁的心理状态。因此，这些诗句融入了诗人强烈的情感，增加了诗作的感人力量。

“接舆髡首兮，桑扈臝行。忠不必用兮，贤不必以。伍子逢殃兮，比干菹醢。与前世而皆然兮，吾又何怨乎今之人。余将董道而不豫兮，固将重昏而终身。”这里，诗人从自己本身的经历联系历史上的一些忠诚义士的遭遇，进一步表明自己的政治立场。

最后，“乱曰：鸾鸟凤皇，日以远兮。燕雀乌鹊，巢堂坛兮。露申辛夷，死林薄兮。腥臊并御，芳不得薄兮。阴阳易位，时不当兮。怀信侘傺，忽乎吾将行兮”！这里，诗人批判楚国政治黑暗，谄佞之人执掌权柄，而贤能之人却遭到迫害。

而且，诗人在这里，以鸾鸟、凤凰、露申、辛夷来象征正直、高洁，以燕雀、乌鹊、腥臊来比喻邪恶势力，充分抒发了诗人内心对当时社会的深切感受，塑造了一个高洁脱俗的形象，体现了诗人高超的艺术水平，也使得整首诗作充溢着十分浓郁的浪漫主义色彩，不愧是一首充满浪漫主义色彩的佳作。

第二章　魏晋南北朝时期的浪漫主义诗词

魏晋南北朝时期，是中国历史上政权更迭最频繁的时期。而且，长期的封建割据以及连绵不断的战争，使得这一时期的文化发展受到了深刻的影响。其中，比较引人注目的是这一时期的诗歌作品大都洋溢着追求理想的进取精神，具有乐观向上的豪迈气概，能够以丰富的想象构成美妙的意境，而这一切都构成了浪漫主义的核心要素。

观沧海

东临碣石，以观沧海。
水何澹澹，山岛竦峙。
树木丛生，百草丰茂。
秋风萧瑟，洪波涌起。
日月之行，若出其中；
星汉灿烂，若出其里。
幸甚至哉，歌以咏志。

全诗大意如下：“东行登上碣石山，来欣赏苍茫的大海。看海水多么宽阔浩荡，波涛汹涌，碣石山就高高地耸立在海边。碣石山上树木丛生，各种草木生长得十分繁茂。萧瑟的秋风吹动树木发出悲凉的声音，海上掀起巨大的波浪。看日月的运行，好像是从海中出发的。银河星光灿烂，也好像是从海中产生的。幸甚至哉，歌以咏志（结尾两句是乐府诗的一种形式性的结尾，无实际诗意）。”

这首四言诗是诗人曹操在碣石登山望海时所作。在这首诗作中，诗人饱含浪漫主义的激情，用如椽巨笔勾勒描绘出了一幅大海吞吐日月、包蕴万千的壮丽图景。而且，这幅图景充分展现了祖国山河的雄伟壮丽，表达了诗人博大的胸怀以及希望统一天下的远大抱负和积极进取之心。

众所周知，曹操是东汉末年著名的政治家、军事家，他雄才大略，胸怀壮志，独具胆识，在汉末镇压黄巾起义时崭露头角，并参与了天下诸侯讨伐董卓的战争。董卓死后，曹操独自发展势力，纵横乱世，南征北战，一步步扫清障碍，而其中最大的障碍莫过于出身“四世三公”的袁氏势力。

也正是因为这样，曹操先后发动多次对袁绍的战争，其中官渡之战重挫袁军。接着，建安十二年（公元 207 年），曹操又率大军北伐三郡乌桓，彻底铲除了袁氏残余势力，基本统一了中原地区。而在班师回朝途中，曹操大军行至海边，途径碣石山，曹操登山观海，一时诗兴大发，壮志满怀，遂作下此诗，以奇特的想象和如椽的大笔展现了自己的所见所感，而这也正好构成浪漫主义诗作积极昂扬的核心力量。

下面，我们就一起走近一代枭雄曹操的这首诗作，一起体味这其中的浪漫主义精神和诗人的雄心壮志。

在诗作的前两句“东临碣石，以观沧海”，诗人曹操一开篇就交代了自己所处的位置。此时，诗人曹操站在碣石山山顶，居高临海，视野开阔，大海的壮阔之景尽收眼底，一览无余。这开头两句简单的描述，看似平淡，实则蕴藏着一股雄壮之气，也使得这首诗作具备了意境开阔、气势雄浑的特点，而自此之下的词句也都是在这样的背景下产生的。

“水何澹澹，山岛竦峙。”这是诗人初登碣石山顶俯看眼前大海的情景。宽阔浩荡的海水一望无际，突兀耸立的山岛挺拔高峻，这简简单单的描述所绘成的无疑是一幅雄伟壮阔的画面。而这种阔达的场景，或许也只有在人们登高临海时方能体会。

接着，“树木丛生，百草丰茂。秋风萧瑟，洪波涌起”。诗人把远眺的视角转移到眼前的景物之上。此时，虽然已是深秋时节，但是在这座高峻的碣石山上，树木依然繁茂，百草依旧丰美，俨然一派春色。而海上，在瑟瑟秋风的吹拂下，海面洪波巨澜，汹涌起伏，也不甘于平静。

实际上，海面翻滚的波涛以及碣石山上满眼的春色都是此时曹操内心的真实写照。此时，曹操大军扫除了袁氏的残余势力，基本统一了中原，这对于曹操来说，可谓春风得意。即使是瑟瑟的秋风吹打在他的身上，也如沐春风，曹操心中充溢豪情壮志。因此诗人满怀激情地享受着胜利的果实，面对眼前的大好河山心中无比喜悦，看着生机勃勃的大海也情难自禁。他觉得自己的宏图伟业就如这眼前的百草，充满生机和昂扬的斗志，而这波涛汹涌的大海不正像自己波澜壮阔的雄心吗？

就这样，诗人怀着无比喜悦的心情登高远眺，举目所及只见一望无垠的大海波摇浪涌，海中的岛屿高高耸立，这是多么辽阔、多么壮观的景象。在历史上，秦始皇、汉武帝都曾经东巡到达这里，并在这里刻石观海。看来，面对这样雄伟辽阔的景致，任何一个拥有远大理想和抱负的人都会心潮澎湃，受到这种辽阔场景的激励和鼓舞。也正因如此，瑟瑟的秋风不但没有让诗人感到凉意，反而让诗人更加心潮澎湃。

疾风劲草，方显英雄本色；洪波汹涌，更显生命不息。诗人在这里展现了昂扬的斗志。接着，诗人又展开其丰富的浪漫主义想象，进一步描绘大海吞吐日月、包蕴星汉的宏伟壮观景象。

“日月之行，若出其中；星汉灿烂，若出其里。”诗作的这几句在前面一系列场景的铺垫下，进一步把大海的壮阔气势描写得更加透彻。可以说，这几句是整首诗写景的高潮，也是诗人情感喷发的高潮。诗人在俯瞰了祖国的壮丽河山后，充分调动其丰富的想象，极力描绘了大海吞吐日月、包蕴星汉的宏伟气魄。在诗人看来，日月的运行就好像出没于大海的怀抱之中，灿烂的银河群星就好像孕育于大海的母腹之中，这是多么奇特大胆的想象和比喻啊！

而且，诗人这四句以浪漫主义想象联系着辽阔无垠的宇宙，笔势雄劲，从海的平面角度去描写，把大海的气势和威力活灵活现地展现在人们的面前。在这茫茫无际、雄奇壮丽的大海面前，日月星汉瞬时都显得渺小了，同时，日月星汉的运行也似乎由大海自由吐纳。当然，这里诗人的描绘并非全是他眼前的实景，诗人在这里融入了极致的浪漫主义想象与夸饰。也正是因为这样，诗作才展现出了一派吞吐宇宙的宏伟气势。

另外，这种气势壮阔的描绘也充分显露了诗人宏伟的政治抱负，以及他希望建功立业的雄心壮志。如果诗人没有对前途的信心和乐观的态度，那他无论如何也写不出这样壮丽雄伟的诗句来。

因此，在这首《观沧海》中，诗人以沧海自比，运用浪漫主义艺术手法，通过写大海吞吐宇宙的气势，极力表现了诗人宽广的胸怀、豪迈的气魄、奔放的情感和昂扬的激情，流露出浓郁的浪漫主义神采。

龟虽寿

神龟虽寿，犹有竟时。
腾蛇乘雾，终为土灰。
老骥伏枥，志在千里；
烈士暮年，壮心不已。
盈缩之期，不但在天；
养怡之福，可得永年。
幸甚至哉，歌以咏志。

全诗大意如下："神龟虽然寿命十分长久，但也还有生命终结的时候。腾蛇尽管能够乘雾飞行，但终究会死亡，然后化为土灰。年老的千里马虽然躺在马棚里，但是它的雄心壮志却依然能够驰骋千里；有远大抱负的人即使是到了晚年，奋发求进的雄心也不会停息。人寿命的长短，不只是由上天决定的；只要自己调养好身体，也可以延年益寿，活得更长。幸甚至哉，歌以咏志。"

这首诗作是诗人曹操在平定乌桓叛乱、消灭袁氏残余势力之后所作。这首诗作饱含了诗人对生活的真切体验，有一种真挚而浓烈的情感力量。虽然，此时诗人曹操已经过了天命之年，可是其浓烈的情感却依然如旧，因而这首诗作诗人写得兴会淋漓，震撼人心，使得后代无数的英雄志士为之倾倒。

"神龟虽寿，犹有竟时。腾蛇乘雾，终为土灰。"开头四句，诗人以浪漫主义的艺术表现手法娓娓道来，感慨人生的路程。此时，诗人已入垂暮之年，对有限的生命，对生命的自然规律，他有着清醒的认识。因此，诗人以朴素的观点出发，否定了"神龟""腾蛇"一类神物的长生不老之说，表明生老病死是任何事物都不可能违背的自然规律。而且，诗人在这里以"神龟""腾蛇"这类神物来表达自己对有限生命的认识，显示出浓郁的浪漫主义色彩。

同时，诗人巧妙的构思、奇特的想象也使得诗作的浪漫主义色彩越发浓郁。《庄子·秋水篇》中写道："吾闻楚有神龟，死已三千岁矣。”而诗人这里反其意而用之，说神龟纵然活得再长久，可还是难免一死，这大胆的设想不禁令人感慨万千。而诗人的“腾蛇”之意则取自《韩非子·难势篇》，其中记载：“飞龙乘云，腾蛇游雾，云罢雾霁，而龙蛇与蚓蚁同矣！”可见，诗人在表达生命有限这一观念时充分发挥了想象。

当然，诗人对有限生命的准确认识，也体现了诗人博大的胸怀和客观的人生态度。想来，古往今来的英雄豪杰、雄才大略之主如秦皇汉武等，虽有盖世功勋，但是也难免受到神仙长生之术的蛊惑，服食求仙。但是诗人曹操却与众不同，他对生命的自然规律有清醒的认识，这在迷信思想猖獗的时代是非常难能可贵的，这无疑体现了诗人积极达观的浪漫主义精神。

不仅如此，更加难能可贵的是，诗人对待有限的生命也有积极达观的态度。他一扫汉末文人感慨浮生若梦、及时行乐的悲观论调，慷慨激昂地表达自己老当益壮、锐意进取的精神追求。“老骥伏枥，志在千里；烈士暮年，壮心不已。”诗人对生命有限的准确认识，并没有影响诗人心中的雄心壮志以及驰骋千里的豪情。

诗作的这四句，笔力遒劲，内蕴着一股自强不息的豪迈气概，是千古传诵的名句。这里诗人自比一匹上了年纪的千里马，虽然形老体衰、屈居枥下，但胸中仍然激荡着驰骋千里的豪情，希望自己能够干一番惊天伟业。虽然，诗人垂垂老矣，但是他却仍然“壮心不已”，仍然有一颗勃勃雄心，永不停止对理想的追求。诗人这种积极进取的精神，永远乐观向上、自强不息的斗志，令无数人振奋不已。而这正是诗人曹操的切身体会，诗人对理想的追求充溢着诗人的浪漫主义激情，一位盖世英豪的形象跃然纸上。

接着，诗人在有限的生命中表达了一种积极乐观的态度。虽然说，生死是无可阻挡的自然规律，但是人在自然规律面前也并非是完全无能为力、束手无策，实际上，一个人寿命的长短一定程度上也是由自己决定的。

“盈缩之期，不但在天；养怡之福，可得永年。”在这里，诗人简洁明了地表明了自己的“养生之道”：只要保持身心健康，永不停止对理想的追求，永远乐观向上，自强不息，那么就能够延年益寿。可见，诗人对所谓的天命持有否定的态度，而对“事在人为”抱有极大的信心，这无疑彰显了诗人积极乐观的浪漫主义精神，抒发了诗人积极进取，希望建功立业的雄心壮志。

可见，曹操不愧是一位豪气盖世的英雄。在这首诗作里，诗人情绪激昂，笔力遒劲豪迈，诗作处处张扬着诗人自强不息的进取精神、热爱生活的乐观态度。当然，诗人曹操这种对理想的追求，希望建功立业的豪情壮志充分彰显了他的浪漫主义情怀。而在我国文学史上，他既是建安诗坛公认的领袖，也是上继风骚、下启新乐府运动的一代诗歌豪杰。

咏史·其二

郁郁涧底松，离离山上苗。
以彼径寸茎，荫此百尺条。
世胄蹑高位，英俊沉下僚。
地势使之然，由来非一朝。
金张藉旧业，七叶珥汉貂。
冯公岂不伟，白首不见招。

全诗大意如下："茂盛的松树生长在山涧底，风中低垂摇摆着的小苗生长在山头上。凭它径寸之苗，却能遮盖百尺之松。贵族世家的子弟能登上高位获得权势，有才能的人却被埋没在低级职位中。这是他们所处的地位不同而造成的结果，这种情况由来已久，并非一朝一夕形成的。汉代金日磾和张安世二人就是依靠了祖上的基业，子孙七代都做了高官。汉文帝时期的冯唐难道还不算是个奇人吗？可就因为他出身寒微，白了头发仍不被重用。"

这首诗作是西晋诗人左思的一首五言诗，出自其组诗《咏史》。在这首诗作里，诗人描写了在等级森严的门阀制度下，有才能的人因为出身寒微而受到压迫，而无才能的世家大族子弟却能占据朝廷要职，造成“上品无寒门，下品无士族”的不平局面。

实际上，左思自幼才华出众，有着强烈的用世之心，自认才高志雄，希望能够有所作为。但是，无奈左思出身寒门，虽有大才，在当时讲究门第和阶级的门阀制度下，他始终怀才不遇，屡屡受挫，只能在诗作中表述自己的抱负和对权贵的蔑视，歌颂隐士的清高。

而诗人左思的《咏史》八首就表达了他的这种愤世嫉俗、怀才不遇的愤懑之情。在《咏史》八首中，诗人表达了自己建功立业的宏伟抱负，猛烈抨击不合理的门阀制度，表现了对门阀制度的极端蔑视和反抗。左思的《咏史》八首继承了建安风骨，辞采华丽，情调高亢，充满着一股英豪之气，具有浓郁的浪漫主义气息。其中第二首就十分具有代表性。

在这首诗作里，诗人发挥浪漫主义想象和夸饰，以“郁郁涧底松，离离山上苗。以彼径寸茎，荫此百尺条”的艺术形象，深刻地揭露了“世胄蹑高位，英俊沉下僚”的不合理现象，抒发自己的郁愤之情。

“郁郁涧底松，离离山上苗。以彼径寸茎，荫此百尺条。”诗作的一开篇就以比兴的浪漫主义手法表现了当时社会的不公，抒发了诗人对世事的感慨。茂盛的松树生长在山涧之底，风中低垂摇摆着的小苗却生长在高高的山头上。小苗凭借着它仅有一寸粗的茎干，竟然能够遮盖涧底百尺高的大树。表面来看，诗人这里描绘的是一组自然景象，可是细细读来我们就会发现，诗人在景色描绘中寄寓了自己浓厚而强烈的情感，其中的气愤不平之情呼之欲出。实际上，诗作中的“涧底松”比喻那些出身寒微的士人，“山上苗”比喻那些世家大族子弟。“山上苗”盖过“涧底松”，也就是说那些世家大族子弟无才无德，终日无所事事，可是他们却居于那些出身寒微的才士之上，使得有才有德却出身寒微之士怀才不遇，终居下僚。

显然，诗人在这里以浪漫主义的表现手法隐晦地表达了自己对社会现实的不满和郁愤之情。而诗人以松喻人，寄寓松树象征和比喻意义，字里行间包含特定的社会现象，也使得诗作具有浓郁的浪漫主义色彩。

接着，诗人在一系列的比兴之后，直抒胸臆，“世胄蹑高位，英俊沉下僚。地势使之然，由来非一朝”。诗人这几句，直截了当地发表对社会现实的不满以及分析造成这种现象的大致原因。当时的世家大族子弟占据高官之位，而出身寒微的士人却被埋没在低下的官职中。这种现象就好像“涧底松”和“山上苗”一样，是“地势”使他们如此，由来已久，不是一朝一夕的事。至此，诗人的态度已然明朗清晰，尤其是“地势使之然，由来非一朝”这两句，诗人以形象而生动的语言，有力地揭露了门阀制度所造成的不合理现象。

而紧承着“由来非一朝”，诗人以具体的历史事例来论证自己的观点。“金张藉旧业，七叶珥汉貂。冯公岂不伟，白首不见招。”据历史记载，从汉武帝到汉平帝，金日磾家族七代都为内侍。而自汉宣帝、汉元帝以来，张汤家族为侍中、中常侍、诸曹散骑、校尉者十余人。另外，汉文帝时期的冯唐难道还不算是个奇伟的人才吗？可就是因为他出身寒微，头发白了仍不被重用。

无疑，诗人这里用对比的浪漫主义手法，借历史人物来抒发自己的情感，以印证自己“世胄蹑高位，英俊沉下僚”的观点，反映当时的社会现实，对不合理的社会现象进行了揭露和抨击。诗人左思的这首诗，全篇使用对比，并以浪漫主义的艺术表现方式进行构思，形象鲜明，感情真挚而强烈，层层揭露社会不公平现象，使得整首诗作具有浓郁的浪漫主义色彩。

读山海经

精卫衔微木，将以填沧海。

刑天舞干戚，猛志固常在。

同物既无虑，化去不复悔。

徒设在昔心，良辰讵可待。

全诗大意如下：“精卫衔着微小的木块，要用它来填平沧海。刑天挥舞着盾牌和板斧，猛志始终存在。精卫灵魂化为鸟，即使精卫再死去，也不过是从鸟化作另一种动物，所以没有什么忧虑的，刑天已化作异物，可他对以往和天帝之争并不后悔。如果徒然胸怀昔日的雄心，美好的时光又怎么会到来呢?”

这是东晋著名诗人陶渊明的一首诗作。诗人陶渊明出生于东晋末年，曾祖陶侃为名震敌国的东晋大司马，外祖父孟嘉是晋代名士，祖上也曾做过太守，但是陶渊明八岁时其父去世，家境逐渐没落。可是，在从小的家庭环境熏陶下，陶渊明十分钦佩曾祖陶侃积极进取的精神，长大成人后陶渊明一直渴望能够干一番大事业。不过，当时时局动荡、仕途险恶，以及官场上政治腐败，门阀制度的森严，使得他仕途坎坷，多有不顺。

东晋元熙二年（公元420年），大将刘裕篡夺帝位，建立南朝宋从而取代东晋，恭帝被弑，结束了东晋的统治。由于诗人陶渊明的家庭出身，陶渊明和已逝的晋朝在情感上有着千丝万缕的联系。因此，面对东晋灭亡的事实，诗人百感交集，也正因为如此，诗人创作了这首《读山海经》。

在这首诗作中，诗人对东晋的灭亡感到十分惋惜，对恭帝被弑之事更是痛心疾首。这里，诗人充分运用浪漫主义的表现手法，利用古代神话传说，表达了自己的不平和反抗情绪。

“精卫衔微木，将以填沧海。刑天舞干戚，猛志固常在。”诗作的前半部分，诗人以引用古代神话传说的浪漫主义形式，讴歌并赞颂了一种百折不挠的坚强意志。日复一日，精卫衔着微小的木块誓要填平沧海，而刑天则舞动着盾牌板斧，斗志长存、不甘失败。显然，这是一种为了理想和目标坚持不懈、锲而不舍的精神。诗人陶渊明也正是以这种精神进行自我鞭策和自我激励的。

其中，“精卫衔微木，将以填沧海”。诗作的开篇两句，概括了精卫填海的神话故事，极为简练、传神。据《山海经·北山经》记载可知，“精卫”是炎帝神农氏的小女儿，名唤女娃，一日女娃到东海游玩，溺亡于水中。死后她的灵魂化作花脑袋、白嘴壳、红爪子的一种神鸟，每天从山上衔来石头和草木投入东海，年复一年，永不停歇。精卫为报溺死之仇，竟然口衔微木，要填平东海。可见，这是需要多大的毅力和矢志不移的决心啊，要知道，精卫不过是一只小鸟，要以精卫衔微木之力来填平沧海绝非易事。

不过，精卫确实这样做了，而且日复一日，有着愚公移山般的精神和毅力。同时，诗人在描述的时候不仅引用了神话传说，还运用了丰富的浪漫主义想象和夸饰。这里，诗人在描写精卫填海的神话传说时，以“微木”和“沧海”构成鲜明的对比，将精卫口中所衔的细微之木与苍莽无际的东海进行对比，有力地突出了精卫的毅力之强、决心之大直盖过沧海。可见，诗人对精卫的赞赏和肯定是呼之欲出的，人们也能从这样的描述中窥见诗人的坚持和操守。

“刑天舞干戚，猛志固长在。”这里，诗人概括了刑天舞干戚的神话故事。据《山海经·海外西经》记载，“刑天”是炎帝手下的一位大将，后炎帝被黄帝推翻，刑天为了反抗黄帝，与黄帝在常羊山大战，结果刑天头颅被黄帝砍下埋藏在常羊山下。可是，刑天并没有因此而放弃反抗，而是继续一手拿着盾牌，一手举起大斧，向着天空乱劈乱舞，继续跟根本看不见的敌人拼死搏斗。

这种景象是多么悲壮啊！失去头颅的刑天，赤裸着上身，似是把他的两乳当作眼，把他的肚脐当作口，他的身躯就是他的头颅。那两乳的“眼”似在喷射出愤怒的火焰，那圆圆的肚脐上，似在发出咒骂，那身躯如山一样坚实稳固，那两手拿着的斧和盾，挥舞得那样有力。无疑，刑天是要与黄帝血战到底，非死不能屈服。这种勇猛凌厉之势，不禁令人肃然起敬，让人感慨万千。

当然，这一切都是诗人引用神话故事要传递的思想观念。而“猛志固常在”其实就是诗人对这两个神话故事的总体概述。不管是填海的精卫，还是保持战斗的刑天，他们的心中都有一股凌厉之气，都有一种永不放弃、永不退缩的顽强和坚韧的精神，而这也正是诗人此时此刻想要表达的观念。如今，东晋灭亡，恭帝被弑，诗人的心中充满不平和郁愤之情，在当时恶劣的政治环境中，他自己也犹如这精卫和刑天一样，有着一份坚持，有着一种对东晋灭亡的不平和反抗情绪。尤其是刘裕建立南朝宋后诛杀异己的行为，更是令诗人深恶痛绝。

接着，诗人继续延续着这一情绪，对精卫和刑天给予赞赏和肯定。“同物既无虑，化去不复悔。”这里，诗人描绘了精卫和刑天死后的场景。精卫和刑天死后化为异物，但是他们却从不后悔，像生前一样无惧，显然这也凸显了诗人前面所说的“猛志固常在”。精卫和刑天不管是生前还是在化为异物之后，都不改初衷，志气长存。显然，诗人通过精卫和刑天的故事，寄托了自己此时此刻的无限悲愤之情。

最后，“徒设在昔心，良辰讵可待”。结尾两句，诗人表面上是在感叹精卫和刑天徒然存在着昔日的猛志，但实际上却是在感叹自己何时才能如愿以偿。由此，诗人不禁感叹美好的理想终究无法实现。这里显示出了诗人对现实的无可奈何和痛心疾首。

诗作全篇都是在描绘精卫填海、刑天舞干戚的神话故事，可是实际上诗人却是借助神话传说表达自己此时的不平和反抗情绪。诗人以浪漫主义的艺术表现方式，运用神话故事中的人物来表达自己的情绪，传递自己的观念，使得诗作具有浓郁的浪漫主义色彩。

饮酒·其五

结庐在人境，而无车马喧。
问君何能尔？心远地自偏。
采菊东篱下，悠然见南山。
山气日夕佳，飞鸟相与还。
此中有真意，欲辨已忘言。

全诗大意如下：“我居住在众人聚居的繁华地区，可是却听不见车马的喧嚣声。要问我怎么能如此的超凡洒脱，其实只要心灵避离尘俗，自然感觉一切幽静邈远。在东篱之下采摘菊花，悠然间，那远处的南山映入眼帘。山中的气息与傍晚的景色都十分好，有飞鸟结着伴归来。这里面蕴含着人生的真正意义，想要辨识却不知怎样表达。”

这首诗作大约作于诗人陶渊明归田后的第 12 年，也就是公元 417 年。此时，正值东晋灭亡前夕，诗人感慨良多，常常借饮酒来抒情写志。其实，诗人陶渊明是中国文学史上第一个大量写饮酒诗的诗人，在这些诗作中，他往往以“醉人”的语态或指责是非颠倒、毁誉上流社会，或反映仕途的险恶，或表现自己退出官场后怡然自得的心情，或是抒发自己在困顿中的牢骚不平。而这首《饮酒》其五则是表现诗人退居官场后怡然自得的状态。

但是，不可否认的是，诗人陶渊明少年时期深受家庭和儒家思想的影响，怀有兼济天下、大济苍生的壮志。只不过，由于东晋门阀制度森严，庶族寒门出身的人不可能突破门阀士族对高官权位的垄断。在这样的情况下，诗人陶渊明的理想是很难在现实中实现的。因此，诗人饱受仕途艰难之苦后毅然退隐，希望在田园之中寻找自己理想中的生活，独善其身。

“结庐在人境，而无车马喧。”诗作的一开篇，诗人就为我们设置了一个巧妙的问题。诗人写道：自己虽然居住在繁华热闹的人世间，可是却并没有世俗的纷扰喧闹之声能够打扰到自己。其中，“人境”是指人们聚集的地方，“车马喧”是指世俗交往的喧扰。显然，这里诗人采用了一种别出心裁的描述技巧，这巧妙的构思使得诗作充满浓郁的浪漫主义色彩。

紧接着，诗人自问自答，“问君何能尔？心远地自偏”。诗作的这两句写出了诗人超然出世的原因。也就是说，只要是自己的内心能够远远地摆脱世俗的束缚，超脱世俗的功名利禄，那么不管自己住在什么地方，即使是处于喧闹的环境里，也如同居于僻静之地。所谓心不动，外边的世界就不会动。显然，这两句诗表达了诗人超然洒脱的生活态度，一个归隐之士的高雅情志跃然纸上。诗人的心灵超然净化，使喧闹的环境也因之变得幽静僻远了。

其实，诗人陶渊明早年满怀建功立业的理想，几度出仕都是为了要实现自己匡时济世的抱负。但当他看到“真风告逝，大伪斯兴”（《感士不遇赋》），官场险恶，世俗伪诈污浊，整个社会腐败黑暗之时，诗人便选择了洁身自好、守道固穷的道路，从此隐居田园，躬耕自资。“结庐在人境”四句，就是写他在精神上摆脱了世俗环境的干扰之后所产生的感受。所谓“心远”，即心不念名利之场，情不系权贵之门，弃世归隐，超尘脱俗。

同时，这两句诗还蕴含着深刻的哲理。“车马喧”除了表示真实存在的事物之外，同时也象征着整个为了权位、名利折腾不休的官僚社会。结合开篇两句，诗人这四句借眼前之物，谈人生哲理，于朴素中见深意，寻常处生波澜。诗作结构的设计也非常巧妙，第一句看似平淡，第二句就突然转折，制造悬念，第三句借势发问，第四句给出答案，四句诗可谓浑然一体。也正是因为这样，这四句托意高妙，寄情深远，前人激赏其“词彩精拔”，而以词语奇险著称的王安石也称赞道：“自有诗人以来，无此四句。”

接着，“采菊东篱下，悠然见南山”。这两句诗是诗人的所为和所见。诗人在劳动之余，饮酒大醉之后，在晚霞的辉映下，在山岚的笼罩之中，采菊东篱，抬头遥望，不觉南山撞入了自己的眼帘。显然，这里描绘了诗人隐居生活的乐趣所在，表现了诗人弃官归田后远离尘世、醉心田园的情志。

而且，这也显示出了诗人因不满于现实，而洁身自好的一面，以及对理想生活的憧憬和向往，对黑暗官场的鄙弃和厌恶。同时，诗人这种悠然自得的心境和对宁静自由的田园生活的热爱，也体现了诗人宁静安详的心态和闲适自得的情趣，以及希望回归自然的人生理想。无疑，这两句包含了诗人强烈的情感和崇高的追求。

然后，“山气日夕佳，飞鸟相与还”写出了诗人欣赏以及赞叹大自然给人带来的感受，表现了诗人悠然自得的心境和对宁静自由的田园生活的热爱。山林中的雾在夕阳之下紫气升腾，若有若无，缭绕于山间；成群的鸟儿结伴而飞，返回巢穴，归隐山林。这一切景象非常唯美，但这也并非是单纯的景物描写。这里写出了诗人“悠然”所见之景，体现了诗人宁静恬淡的心境。同时，我们也能够隐约感受到诗人对自我的勉励，以及含蓄地寄托自己想要与山林为伍的情志。当然，这两句也有规劝他人的意味，诗人希望有和他志同道合的人一起隐逸山林。

最后，“此中有真意，欲辨已忘言”。结尾两句，诗人表明自己在大自然的美景中领悟到了人生的意趣，表露了自己纯洁自然的恬淡心情。诗句中的“此中”是指此时此刻、此情此景，也就是诗人隐逸后的田园生活，而“真意”是指人生之理，造化之趣。“忘言”是说安闲的田园生活才是自己真正追求的人生，而这种人生的乐趣，只能意会，不可言传，也无须叙说。这充分体现了诗人安贫乐贱、励志守节的高尚情操。

这里，诗人的情感已然发展到了极致，诗人所有的追求和理想都无声无息地融入在了这田园生活之中，诗人在这田园生活中领略到了生命的真谛。这种真谛与诗人陶渊明在《桃花源记》中虚构的“世外桃源”有着异曲同工之妙。因此，这首诗作贯穿着诗人的理想和追求，诗人描述了一种理想的美好生活，具有浓郁的浪漫主义色彩。

登池上楼

潜虬媚幽姿，飞鸿响远音。

薄霄愧云浮，栖川怍渊沈。

进德智所拙，退耕力不任。

狥禄反穷海，卧疴对空林。

衾枕昧节候，褰开暂窥临。

倾耳聆波澜，举目眺岖嵚。

初景革绪风，新阳改故阴。

池塘生春草，园柳变鸣禽。

祁祁伤豳歌，萋萋感楚吟。
索居易永久，离群难处心。
持操岂独古，无闷征在今。

全诗大意如下：“沉潜的龙，姿态是多么悠闲、多么美妙啊！高飞的鸿鸟，声音是多么响亮、多么悠远啊！我想要迫近云霄，却愧对天上的飞鸿；我想要栖息于川谷，却愧对深渊的潜龙。我增进德业，却智力拙劣；我退隐耕田，却又体力无法胜任。为了追求俸禄，我来到这偏远的海边做官，兼又卧病在床，面对着光秃秃的树林。”

“我每天蒙着被子睡着，浑然不知季节气候的变化。偶然间揭开窗帷，暂且登楼眺望。倾耳细听那流水的声音，举目眺望那巍峨高峻的山岭。初春的阳光已经代替了残余的冬风，春天的温暖代替了冬天的阴冷。不知不觉，池塘中已经长满了春草，园中柳条上的鸣禽也变了种类、换了声音。”

“想起《诗经·豳风·七月》这首诗，真使我伤悲，想到《楚辞·招隐士》这首楚歌，更是让我感慨。唉！独居的生活真容易让人觉得时间难挨、特别长久，而离开群体生活也真是让人难以安心。坚持节操哪里仅仅是古人才做得到的呢？所谓‘遁世无闷’今天在我的身上已经验证、实践了。”

这首诗作是南北朝时期杰出诗人谢灵运所作。诗人谢灵运少即好学，博览群书，工诗善文，其诗与颜延之齐名，二人并称“颜谢”。谢灵运是中国最早大量创作山水诗的诗人，堪称中国山水诗派的开山鼻祖。而且，他还兼通史学、擅书法，是这一时期杰出的诗人、文学家。

而这首诗作于宋少帝景平元年（公元423年）初春。诗人谢灵运在宋武帝永初三年（公元422年）被逐出京城，同年的七八月至次年（景平元年）七八月间诗人担任偏僻的永嘉郡（今浙江温州）太守。这是谢灵运首次在政治上受到沉重打击。就这样，来永嘉郡后的第一个冬天，他久卧病榻，至次年初春始愈，于是登楼观景，托物起兴，写下了这篇《登池上楼》。在这首诗作里，诗人运用浪漫主义的表现手法，表现了自己官场失意后的心理状态。

“潜虬媚幽姿，飞鸿响远音。薄霄愧云浮，栖川怍渊沈。”诗人在开头四句，以浪漫主义的表现手法，形象而生动地写出了自己目前的困境。沉潜的龙，姿态是多么悠闲、多么美妙啊！高飞的鸿鸟，声音是多么响亮、多么悠远啊！我想要迫近云霄，却愧对天上的飞鸿；我想要栖息于川谷，却愧对深渊的潜龙。这里，诗人以“潜龙”和“鸿鸟”起兴作喻，表明此时自己在官场失意后的矛盾处境。

魏晋南朝时期，权力斗争激烈，仕途险恶，因此士族文人既有进取之志，又有隐逸之心，而诗人所面临的，却是两者俱无所得的困境。如今，诗人被逐出京城，担任永嘉郡太守，官场失意，进退失据，内心异常矛盾和纠结。而此时，诗人登楼远望，纵眼望去，不禁寄情于景，运用浪漫主义想象来描摹心境，表达内心的纠结。而潜龙和鸿鸟则具有浓厚的象征意味。“潜龙”是比喻深藏不露、孤芳自赏的生活，“飞鸿”是比喻奋进高飞、声名动世的境界。

接着“进德智所拙，退耕力不任。狥禄反穷海，卧疴对空林”。这四句对诗作的前四句加以落实，更加明确地表明诗人此时内心的纠结。诗人写道：自己虽然有进取功业之志，却力所不能及，自己虽然想退隐田园，却因为形势所迫无法实现。因为当时谢灵运如果拒绝赴任，就是公开表示与当权者对抗，这样就会给自己带来很大的麻烦。

就这样，诗人无可奈何地来到这偏僻的永嘉郡，可是入冬后诗人就久卧病床，所对之物唯有萧索枯瑟的空林。可见，诗人的内心是异常孤寂和落寞的。而在描绘这一心理状态的过程中，诗人由虚入实，由远及近，使诗句具有十分浓郁的浪漫主义色彩。

登上高楼之后，诗人则主要描写了登楼所见的满目之春色。“衾枕昧节候，褰开暂窥临。倾耳聆波澜，举目眺岖嵚。”诗人在病榻上度过了一个冬天，现已是初春时节了。他凭窗而坐，倾耳细听远处波涛拍岸之声，举目远望群山起伏之影。这满眼的春色，使得诗人内心纠结矛盾的情绪也渐渐缓和，变得开朗起来。

而近处“池塘生春草，园柳变鸣禽”。不知不觉间楼外枯草瑟瑟的池塘里竟然春草繁生，小园里的垂柳丛中禽鸟也已变了种类、换了声音。从这池塘小园的变化中，久病的诗人才突然意识到，外面已经是一派浓郁的春意了。诗人这里从冬去春回的众多景象中选择了一个细小而典型的景象展开描绘，将景象描绘得有声有色、远近交错，充满了蓬勃生气，形象而生动地烘托出了此时自己心情的变化。

最后，“祁祁伤豳歌，萋萋感楚吟。索居易永久，离群难处心。持操岂独古，无闷征在今”。诗人的情绪又发生了巨大的变化。此时，诗人由登楼观春想到古代描写春景的诗，情绪又转向感伤。其中，“豳歌”是指《诗经·豳风·七月》，诗中有“采蘩祁祁”等描写春景之句，而《七月》是周公在遭受流言，出居东都以避谗害时作的，诗人谢灵运想到这首诗无疑带有极大的暗喻意味，从而表达自己此时悲苦的处境。而“楚吟”是指《楚辞·招隐士》，其中有“春草生兮萋萋”之句，所谓“感楚吟”，是说诗人有感于隐士的生活。

显然，此时诗人的内心又陷入了悲苦的情绪之中，心生归隐之意，他决定要从困窘纠结的处境中摆脱出来。但是“索居易永久，离群难处心”。一般来说，离群独居的生活，常常会使人容易感到岁月漫长、枯索无味、难以安心。

不过，诗人毕竟不是一般人，他的遭遇也非常人能够感知，所以这两句隐约之中也透露出了诗人的某种疑虑。诗人谢灵运出身名门，为世人所重，且骄纵自负，与世隔绝的隐居生活对于他确非易事。但不管怎样，他归隐的决心已下，他已经对世俗的社会产生了厌恶和排斥心理。结尾两句，“持操岂独古，无闷征在今”。诗人就立场鲜明地表明了自己的态度。坚持节操岂止古人能够做到，《周易·遁卦》中所谓“遁世无闷”在今人身上同样可以得到验证。

就这样，诗人的情绪又从矛盾、纠结、愁苦中挣脱出来，以高亢的语调喊出了自己的心声，表达了自己的诉求，收结全篇。也正是因为这样，大约在半年之后，诗人终于称疾辞官，归隐到始宁（今浙江上虞）的祖居。

诗人谢灵运的这首《登池上楼》运用浪漫主义的艺术表现手法来表现自己的心理发展过程，或比兴，或暗喻，或直抒胸臆，或以景写情，灌注了诗人强烈的情感，使得诗作具有浓郁的浪漫主义色彩。

梅花落

中庭杂树多，偏为梅咨嗟。

问君何独然？

念其霜中能作花，露中能作实。

摇荡春风媚春日，念尔零落逐寒风，徒有霜华无霜质。

全诗大意如下：“庭院中有许许多多的杂树，我却偏偏对梅花赞许感叹。请问你为何会如此？是因为它能在寒霜中开花，在寒露中结果。那些只会在春风中摇荡，在春日里妩媚的花，一定会凋零在寒风中，因为你徒有在寒霜中开花的本领，却没有耐寒的本质。”

这首诗作是南朝诗人鲍照的一篇托讽之作。在诗作中，诗人以庭院中杂树来象征毫无节操的士大夫，通过对耐寒梅花的赞美，批判了这些士大夫们的软弱，表现诗人坚韧不拔的意志。而诗中写诗人和杂树的对话，使得诗作富有寓言成分和浓郁的浪漫主义色彩。

诗人鲍照在南朝刘宋时期与谢灵运、颜延之并称为“元嘉三大家”，是中国文学史上杰出诗人。鲍照的文学作品，备受后人的重视，被后世推举为刘宋时代成就最高的诗人。

出身卑微的鲍照，其人生道路却是极为坎坷的。面对等级森严的门阀制度，鲍照一直积极地抗争，他是一个性格和人生欲望都非常强烈的人，毫不掩饰自己对富贵荣华、及时享乐、建功立业等目标的追求，并且认为以自己的才华理应得到这一切。

也正是因为这样，他不顾一切地要以自己的才能来实现个人的价值，他不甘于自己卑微的出身，迫切地想凭借自己的才智，在上层社会拥有一席之地。不过，因为豪门士族的压迫，他蹀躞垂翼、有志难伸。自从步入仕途后，鲍照就一直身居下僚，常常是在贫病交迫之中艰难度日，正如钟嵘所说的“才秀人微，故取湮当代”（《诗品》卷中）。而当他的努力受到社会现实的压制、世俗偏见的阻碍时，诗人心中就激起冲腾不息的波澜，表现出愤世嫉俗的深沉忧愤，对现实社会发出强烈的抗议。而这首《梅花落》就是一首寄寓诗人理想，表达诗人主观愿望的诗作。

“中庭多杂树，偏为梅咨嗟。”诗作的首句开门见山，表示在庭院中众多的杂树中，诗人偏偏对梅花赞叹不已，充满肯定。这两句看似稀松平常，可实际上却包含了诗人强烈的情感倾向和丰富的思想内容。其中，“杂树”和“梅”都具有极大的象征意义。“杂树”表面是指庭院中众多的杂乱树木，而实际上却是指朝堂之上那些没有节操的士大夫，那些意志软弱、左右摇摆的人，而“梅”则是指节操高尚的旷达贤士。庭院中有各种树木，而诗人最赞赏的是梅花，其情感倾向显而易见。这里，诗人对那些没有节操的士大夫显露出无比的厌恶之情。

接着，诗人展开与杂树的对话。这部分，诗人以寓言的形式，用浪漫主义的艺术表现手法表示了诗人对那些没有节操的士大夫憎恶的情感。“问君何独然”，这是诗人假托杂树的问话：你为什么单单赞赏梅花呢？诗人答道：“念其霜中能作花，露中能作实。摇荡春风媚春日，念尔零落逐寒风，徒有霜华无霜质。”

这里，诗人表明了自己的爱憎倾向。诗人之所以唯独喜欢梅花，是因为梅花不畏严寒，它能够在霜中开花，在露中结果，但是杂树却只能在春风中摇曳，在春日下盛开，当然有的杂树虽然也能在霜中开花，却又随寒风凋落而没有梅花耐寒的品质。因此，杂树在品性上不如梅花，也不得诗人的喜爱。

无疑，诗人在这里对梅花和杂树的态度显而易见，但是这里的“杂树”和“梅花”并不仅仅是它们本身，而是被诗人拟人化，此时不管是“杂树”还是“梅花”都具有灵魂。这时，诗人将“杂树”和“梅花”放在一起，用浪漫主义的表现手法，以对比的方式加以描绘说明，通过对耐寒“梅花”的赞美，批判了“杂树”的软弱。两者在比较中得到区别和强化，可谓高下立判。

同时，诗人也正是通过这样的一组对话和对比，彰显了自己的思想观念。诗人鲍照“家世贫贱”，在仕途上饱受排挤和压抑。他痛恨门阀士族制度，对刘宋王朝的统治深感不满，因此，他用质朴的诗句明确表示了对节操低下的士大夫的蔑视和对旷达之士的赞扬。

而且，这里还包含着诗人对于寒士被压抑的愤懑之情和对高门世族垄断政权的控诉。在这首诗作中，诗人以充沛的气势、强烈的情感、曲折的语言，给读者以巨大的震撼感。这首《梅花落》构思新颖、巧妙，诗人想象力丰富，把大自然中司空见惯的树和花拟人化，借助于对话、对比等手法，使诗中的深刻含义得到形象化的体现，且诗作感情充沛，增添了诗歌耐人咀嚼的韵味，具有浓郁的浪漫主义色彩。

第三章　唐朝时期的浪漫主义诗词

唐朝时期，浪漫主义诗词正处在继往开来的重要时期，获得了极大的发展，出现了大量优秀的浪漫主义诗词作品，展现了一幅幅永不褪色的唐朝画卷。尤其是有“诗仙”之称的李白，成就卓著，被认为是中国历史上杰出的浪漫主义诗人之一。不仅如此，唐朝时期的浪漫主义诗人和诗词作品层出不穷，成就了浪漫主义诗词最辉煌、最闪亮的时期。

访戴天山道士不遇

犬吠水声中，桃花带露浓。

树深时见鹿，溪午不闻钟。

野竹分青霭，飞泉挂碧峰。

无人知所去，愁倚两三松。

全诗大意如下：“隐隐的犬吠声夹杂在淙淙的水声之中，枝头的桃花挂满了露珠。树林深处，时常能见到有鹿出没，正午时来到溪边尚且听不见山寺的钟声。绿色的野竹划破了青色的云气穿入青天，白色的瀑布高挂在碧绿的山峰上。没有人知道道士的去向，我不由自主地靠着几株古松犯愁。”

这首诗作是诗人李白早年在戴天山拜师学道时所作。而戴天山又名大匡山，在今四川省江油市大康镇西北。此山雄伟壮丽，高耸挺峻，尤其是戴天山的顶峰，海拔接近 2200 米，比周围的山峰都要高，因此经常云遮雾罩，可谓别有洞天。而且，如果站在戴天山山顶，就会看见脚下云飘雾涌，仿佛置身于那仙云缥缈的天界一般，称其高山戴天，真可以说是名副其实、当之无愧。

也正是因为这样，据说这里有道士隐居，道观矗立，引不少游士到此，李白也不例外。当时，李白十八九岁，意气风发，充满了年轻人的朝气和孜孜以求的探索精神。加上，李白早年虽受儒道侠等多种思想的影响，但唯独对道教情有独钟，浸染道教思想至深。就这样，李白以清新脱俗的笔调，描写了上戴天山的所见所闻，为人们展现了一幅恬静幽丽的山水画卷，生动形象地再现了道士世外桃源的生活境界，表达了李白对道家的向往和追求。

然而，李白毕竟不是一般的少年，他崇尚隐居生活，五岁诵六甲，十岁观百家，好剑术，性豪放，他的诗作天生蕴藏着一种浪漫主义情怀。而此时，这种浪漫主义情怀主要体现在李白对理想的追求，对理想生活状态、境遇的一种向往。

下面，我们就一起走近李白的这首诗作，领略其字里行间的浪漫主义神采，感受其对理想的执着追求。

在诗作中，李白前六句重在写景。其中，首联两句“犬吠水声中，桃花带露浓”，描写了李白上戴天山所闻所见之景象。泉水淙淙，犬吠隐隐，桃花带露，浓艳耀目。这一系列的风景映入眼帘，幽静淡雅，美不胜收。

从这里我们也可以看出，这是戴天山暮春时节的景色。事实上，这也是戴天山一年中最美的时节。由于戴天山海拔较高，因此这里的花要开得迟一些，当山下桃花、梨花和李花都相继凋谢的时候，这里却是春意正浓。所谓“桃花带露浓”就点明了诗人上山的时间。而中唐著名诗人白居易在其诗作《大林寺桃花》中也写道：“人间四月芳菲尽，山寺桃花始盛开。长恨春归无觅处，不知转入此中来。”

李白选择在这样的一个时节沿溪而行，穿林进山，无疑是十分正确的。这时戴天山风景如画，静谧怡人，是一个令人流连忘返的好去处。而李白寻找的道人正是居住在这样一个堪称世外桃源，超尘拔俗的环境之中。

“树深时见鹿，溪午不闻钟。”颔联是李白进山的第二程。李白在林间小道上行进，时而见到出没的麋鹿；林深路长，来到溪边时，已是正午，是道观该打钟的时候了，可是却听不到钟声。诗作这两句借写山中之幽静，暗示道士已经外出。要知道，鹿性喜静，常在林木深处活动。既然“时见鹿”，可见其幽静。正午时分，钟声杳然，唯有溪水声清晰可闻，这就更显出周围的宁静。环境清幽，原是方外本色，与首联所写的桃源景象正好衔接，可谓浪漫唯美。而且，这两句又含蓄地叙事：以“时见鹿”来反衬不见人，以“不闻钟”来暗示道观无人。

接着，李白继续往前走，“野竹分青霭，飞泉挂碧峰”这两句写诗人来到道观前所见的情景。此时，呈现在诗人眼前的只有融入青苍山色的绿竹与挂上碧峰的飞瀑。这里，诗人构思巧妙，并充分地运用了浪漫主义想象和修饰。“野竹”用一个“分”字，描画野竹青霭两种近似的色调汇成一片绿色；“飞泉”用一个“挂”字，显示白色飞泉与青碧山峰相映成趣。这一切都使得诗作具有浓郁的浪漫主义色彩。

而且，这两句写景，我们可以看出道观这一片净土的淡泊与高洁，又可以体味到李白造访不遇怅然若失的情怀。正是由于道士不在，李白百无聊赖，才游目四顾，细细品味起眼前的景色来。

最后，“无人知所去，愁倚两三松”，李白通过问讯的方式，从侧面写出“不遇”的情况，又以“倚松”的动作表达“不遇”的惆怅，李白此时怅然若失的心境跃然纸上。李白的这首诗作在表达访道士不遇的主题时，情感流注，随笔而下，浪漫主义描绘充盈于字里行间流露出李白的浪漫主义神采，表达了李白对理想的追求。

渡荆门送别

渡远荆门外，来从楚国游。

山随平野尽，江入大荒流。

月下飞天镜，云生结海楼。

仍怜故乡水，万里送行舟。

全诗大意如下："在荆门之外的西蜀沿江东下，我来到那古时的楚国之地游历。重山随着广阔无际的原野的出现而消失殆尽，长江也在广阔的原野上缓缓东流。傍晚时分，月影倒映在江中像是飞下的天镜；日光下，云彩变幻无穷结成海市蜃楼。我依旧怜爱这来自故乡的水，不远万里来送我东行的小舟。"

诗人李白的这首诗创作于唐玄宗开元十三年（公元 725 年）。此时，诗人辞亲远游，出蜀至荆门时辞别家乡，恋恋不舍，遂创作了这首诗作。在这首诗作中，诗人以浪漫主义的艺术手法，形象生动地表现了对蜀中山水的深挚感情。诗人从"五岁诵六甲"时起，直到二十五岁远渡荆门，一直在四川生活，曾求道于戴天山，游览峨眉，隐居青城，在蜀中度过了童年和青少年时代。而这次是诗人第一次离开故乡开始漫游，准备实现自己的理想和抱负。

也正是因为这样，此时诗人既意气风发、踌躇满志，同时对久居的故乡又充满依恋和不舍。因此，诗人满怀深情地写下此诗，寄予自己对家乡山水的深情。而且，在创作这首诗作的过程中，诗人运用了一贯的浪漫主义表现手法，把所见的山水之景描绘得奇妙迷人，美不胜收。

下面，我们就来一起走近诗人的这首《渡荆门送别》，体味一下字里行间诗人的浪漫主义情怀。

诗作的前两句“渡远荆门外，来从楚国游”，总叙了诗人离开家乡，千里迢迢乘船渡过荆门，来到楚国故地漫游的事情。这两句虽然并没有什么惊人之处，但是在诗作中却具有穿针引线、贯穿全诗的重要作用。它交代了此次诗人写诗的缘由和线索。

接着“山随平野尽，江入大荒流”，这里，诗人生动而形象地描绘了行船从山间至原野的场景。诗人从四川乘船出发沿着长江顺流而下，穿过蜿蜒起伏、千姿百态、高耸入云的三峡，来到辽阔的湖北平原。这时，高山峻岭突然消失，而随着山势的变化，滚滚奔腾而来的长江之水也渐渐平静下来，在广阔的原野上缓缓东流。

在这两句诗作里，诗人运用高度凝练的语言，动态化的描述，表现了诗人整个行程的地理变化。这就好比是镜头拍摄下的一组活动的画面，随着船的行进，高山峻岭被甩在身后，一望无际的原野逐渐进入视野，而之前奔流的江水也不由得和缓下来。可见，诗人以宏大的视野展开描述，又运用移步换景的手法进行刻画，把长江两岸的陡峻，平原的辽阔之势描写得形象生动。也正是因为这样，这两句诗成了脍炙人口的佳句。

就这样，诗人沿江而下，观察到了别样风景。“月下飞天镜，云生结海楼。”江面平静的时候，诗人俯视月亮在水中的倒影，好像天上飞来一面明镜，皎洁澄澈；而日间仰望天空，水雾缥缈，云彩兴起，变幻无穷，结成了如同海市蜃楼般的奇景。显然，在这里，诗人运用了丰富而奇妙的想象和比喻，把深秋朗月倒映在水中的影子比作天镜，把天空中的云霞及团团雾气比作海市蜃楼。这种想象贴切而生动，成功营造了梦幻美丽而又浪漫的意境，使得诗作呈现出浓郁的浪漫主义色彩。

最后“仍怜故乡水，万里送行舟”，描绘了诗人对家乡的依依惜别之情。但是，这里诗人并不是简单而直接地表达自己的惜别之情，也没有重点描绘自己对家乡的难舍难分之情，而是采取了从侧面描写的拟人化的浪漫主义手法，说其实是“故乡水”对自己怀有深情，因而不辞劳苦，从四川一直送他到荆门外。“万里送行舟”这句使得诗人的思乡之情显得越发浓重，所谓言有尽而情无穷。

诗人李白的这首《渡荆门送别》意境高远，风格独特，形象生动，想象夸张，借助卓越的绘景能力表达了诗人离别故乡时对故乡无限的留恋之情，同时又体现出诗人少年远游、倜傥不群的个性。而其雄浑壮阔的浪漫主义描绘，也使得诗作充满了浓郁的浪漫主义色彩。

望庐山瀑布

其一

西登香炉峰，南见瀑布水。
挂流三百丈，喷壑数十里。
欻如飞电来，隐若白虹起。
初惊河汉落，半洒云天里。
仰观势转雄，壮哉造化功。
海风吹不断，江月照还空。
空中乱潨射，左右洗青壁。
飞珠散轻霞，流沫沸穹石。
而我乐名山，对之心益闲。
无论漱琼液，还得洗尘颜。
且谐宿所好，永愿辞人间。

其二

日照香炉生紫烟，遥看瀑布挂前川。
飞流直下三千尺，疑是银河落九天。

其一大意如下："从西面登上香炉峰，向南望见瀑布高挂在山前。水流直下达三百丈，沿着山谷奔涌前行几十里。它的速度快如空中闪电，隐约之中犹如有白虹腾空。乍以为是银河从天上落下，弥漫飘洒在半空中。仰观瀑布那气势真是雄奇啊，这是神灵造化之功。再大的海风也吹不断，在江上月光的映照下显得更加清澈。水花在空中任意地飞溅，冲刷着两侧青色的石壁。飞腾的水珠散发出彩色的霞光，水沫在巨石上沸腾。我本来就最爱游赏名山，面对此景心胸更加的宽广。不必像服琼浆一样成仙，此水已足以荡涤尘俗。遁世归隐本就是我的夙愿，只想久居此地永辞人间。"

其二大意如下："香炉峰在阳光的照射下生起紫色的烟霞，远远望见瀑布就像是白色的绢绸悬挂在山前。高崖上飞腾直落的瀑布似乎有几千尺高，让人怀疑是从天上泻落到人间的银河。"

这两首诗作其一是五言古诗，其二是七言绝句，它们都紧扣"望"字而展开，以庐山的香炉峰为着眼点描写庐山雄伟壮丽的瀑布景观。而且，在这两首诗作中，诗人都以丰富的想象、夸张的艺术手法，把瀑布描绘得非常传神，令人叹为观止。仔细阅读这两首诗作，我们不觉就沉浸在一幅气象万千、雄伟壮丽的山水画之间。无疑，诗作中夸张的比喻和浪漫的想象，使得这两首诗作具有了浓郁的浪漫主义气息，洋溢着浪漫主义诗歌的神采。

事实上，苍润高逸的庐山也确实雄伟壮丽，置身其中，着实令人心醉神迷。而且庐山山水充满灵性，备受历代文人的喜爱。诗人李白就曾五次游历庐山，对庐山之美景情有独钟，他初次登临庐山所作的《望庐山瀑布》更是在中华大地乃至海外华人群体中广为流传。尤其是其丰富的想象、大胆的夸张以及比拟，使得整首诗作气势磅礴，雄奇豪放，充溢着诗人一贯的浪漫主义情怀。

在第一首诗作中，诗人以大胆的想象、纵横的才思、不羁的思想和奔放的情感，极尽能事地描绘了庐山瀑布的壮美阔大，从“西登香炉峰”到“流沫沸穹石”都是在写景。当然，景色的描写向来讲究绘声绘色，或工笔，或写意，可是诗人李白的景色描写却与众不同，字里行间流露了一种无与伦比的浪漫之情。

从第二联开始，诗人就以宏大的视野、别具匠心的构思来描绘庐山瀑布。“挂流三百丈，喷壑数十里。欻如飞电来，隐若白虹起。初惊河汉落，半洒云天里。仰观势转雄，壮哉造化功。海风吹不断，江月照还空。空中乱潨射，左右洗青壁。飞珠散轻霞，流沫沸穹石。”可谓把庐山瀑布的雄伟壮丽描写得形神兼备。

其中，“挂流三百丈，喷壑数十里。欻如飞电来，隐若白虹起。初惊河汉落，半洒云天里”尤为令人称奇。这里，诗人运用了浪漫主义诗词的核心表现手法——大胆的想象和夸张。而且，诗人对于夸张手法的运用是创造性的。瀑布倾泻而下的水流高达三百丈，水倾泻而下之后沿着山谷奔涌前行几十里，且快如电疾如风。不仅如此，快速倾泻而下的水流在阳光的照射下，宛如白虹腾起，似是银河从天而降，飘洒半空。

“三百丈”“数十里”极言其高，极言其远。显然，这并非真实的观察所得，而是由诗人夸张而来。同时，水汽在阳光作用下产生的白虹，诗人描绘成从天而降的银河，这无疑是丰富大胆的想象力催生的结果。可见，诗人在诗词的创作中运用了夸饰和丰富的想象。而这些由夸饰和想象构成的画卷，为我们呈现了一幅壮丽雄伟的庐山瀑布图。

最后，“而我乐名山，对之心益闲。无论漱琼液，还得洗尘颜。且谐宿所好，永愿辞人间”。诗人在结尾处表达了对庐山雄奇美景的神往，表明了诗人的志趣和愿望，从这里我们能够看出诗人李白思想中孤傲遁世的一面。

第二首诗作同样展现了诗人的浪漫主义神采。“日照香炉生紫烟，遥看瀑布挂前川。”诗作开篇，诗人就把目光投放在了香炉峰，此峰形状尖圆，像座香炉。而这座高耸入云的香炉峰在诗人李白的笔下有了另一番景象。由于瀑布飞泻，水汽蒸腾而上，在丽日照耀下，一座高高耸立的香炉峰，仿佛冉冉升起了团团白烟，于青山蓝天之间更显缥缈。这一句不仅把香炉峰渲染得十分的美，而且富有浪漫主义色彩，为寻常的瀑布创造了不寻常的背景。其中，一个“生”字把烟云冉冉上升的景象写活了。

而“遥看瀑布挂前川”一句照应了题目《望庐山瀑布》。

其中，“挂前川”是说瀑布像一条巨大的白练从悬崖直挂到前面的河流上。“挂”字化动为静，更惟妙惟肖地写出了诗人遥望中的瀑布情状。此时，山顶紫烟缭绕，山间白练悬挂，山下激流奔腾，俨然构成一幅绚丽壮美的图景。

接着，“飞流直下三千尺，疑是银河落九天”。诗人用夸张的比喻和浪漫主义的想象，进一步描绘了瀑布的形象和气势，可谓字字珠玑，被人广为传诵。其中，“飞流直下三千尺”是诗人从近处观察和描写瀑布，一笔挥洒，字字铿锵有力。“飞流”二字把瀑布凌空飞出的景象描绘得极为生动；“直下”，既写出山之高峻陡峭，又可以看出水流之急，那凌空直落，势不可当之状如在眼前；而“三千尺”则是极致的夸张，写出了山的高峻。

然而，诗人觉得还没有把瀑布的雄奇气势表现得淋漓尽致，于是紧接着又写道“疑是银河落九天”，这一句可真是别出心裁，惊人魂魄。其中，“疑是”值得细品，诗人明明说得恍恍惚惚，而读者也明知不是，但是又都觉得只有这样写才更为生动、逼真。而且，这个“疑是”用得空灵活泼，若真若幻，引人遐想，极大地增添了瀑布的神奇色彩。

但是，“疑是银河落九天”这一比喻虽是奇特，在诗中却并不是凭空而来，而是在对瀑布形象的刻画中自然地生发出来的。因此，诗人的这种浪漫主义的表现手法，夸张而又自然，新奇而又真切，使得整个庐山瀑布的形象变得更为丰富多彩，雄奇瑰丽，既给人留下了深刻的印象，又给人以想象的空间，显示出浓郁的浪漫主义色彩。

总之，诗人的这两首诗作以丰富的浪漫主义表现手法展开描述，运用比喻、夸张和想象等技巧，构思奇特，语言生动形象、洗练明快，把庐山瀑布描绘得绚丽多姿，使得诗作具有浓郁的浪漫主义色彩。

望天门山

天门中断楚江开，碧水东流至此回。
两岸青山相对出，孤帆一片日边来。

全诗大意如下："天门山由于长江之水的冲击，从中间豁然断开，江水便从断口奔涌而出。而浩浩荡荡的长江水顺势东下，流到此被天门山阻挡，激起滔天的波浪，回旋着向北流去。两岸的青山相对耸立巍峨险峻，令人有一种两岸青山迎面扑来的感觉。一叶孤舟从水天相接处驶来，远远望去，仿佛来自日边。"

众所周知，李白无比热爱祖国的壮丽山河，他的一生漫游名山大川，崇尚自由洒脱，无拘无束。在漫游的过程中，诗人李白留下许多杰作。尤其是李白的浪漫主义诗作，被人们传诵和铭记至今。

而《望天门山》这首诗作写于唐玄宗开元十三年（公元725年），也就是诗人李白辞亲远游的第二年，这时二十五岁的李白辞乡远行，乘舟顺长江而下，远远望见天门山，见其雄伟壮阔，于是创作了这首诗作。在这首诗作中，诗人李白生动形象地描绘了天门山的景致，突出了天门山的雄奇壮观和楚江水浩荡奔流的气势，从而赞美了大自然的神奇壮丽，表现了诗人自由洒脱、无拘无束的漫游姿态。

而且，这首诗作中激情挥洒的文字展示了诗人意气风发的浪漫主义情怀，表现了作为一位伟大的浪漫主义诗人的诗歌创作特点。

诗作的前两句“天门中断楚江开，碧水东流至此回”，描述了天门山以及楚江水的大致情状。实际上，天门山位于安徽省和县与芜湖市长江两岸，山势陡峭，如刀削斧砍，奇峰突兀，隔江对峙，分为东、西梁山。因两山隔江相望，形同天设的门户，所以称之为“天门”。

可是在诗作中，诗人并没有着眼于写东、西梁山的隔江对峙，而是说天门山由于水流的冲击而豁然中断，被劈为两半，以至于楚江水至此浩荡而出。这样的描述可谓构思奇特、想象丰富，字里行间流露出江水浩荡奔腾的壮阔之势。

同时，这两句诗也给人以丰富的想象空间。从这两句诗的描述中，我们似乎能够想象出：天门山本来是一个整体，阻挡着汹涌奔腾的江流，可是由于楚江水流的冲击，才最终撞开“天门”，使天门山一分为二，成为东西两山。显然，在诗人李白的笔下，楚江也就是长江，具有巨大的生命力和摧毁力，它能够冲破一切阻碍。

另外，“天门中断楚江开”也隐约让人觉得，这断口似乎是天门山默默地为楚江让出的一条通道，以便江水能够顺利通过。而“碧水东流至此回”写了江水的浩荡之势，浩渺的楚江流经两山间的狭窄水道时，水流激起回旋，形成波涛汹涌的奇观。可见，诗人在描述天门山以及江水的过程中都以热烈奔放的语言，调动起了广大读者丰富的想象力，描绘出了一处令人荡气回肠、过目难忘的雄壮景观，使人不得不惊叹这如画的江山。

接着，诗人的后两句“两岸青山相对出，孤帆一片日边来”，尤具浪漫主义特色。在这两句诗中，诗人极力表现了乘舟顺流而下的动态之美。事实上，诗人李白并不是站在陆地上遥望天门山，而是乘舟从上游顺流而下，小舟一直在行进的状态中。因此，这时呈现在诗人李白眼前的景色也是不断变化的。

就这样，诗人以大胆的想象和比拟描写了呈现在眼前景色的动态美。舟行江上，顺流而下，速度较快，这时望着远处分居两岸的天门山快速地扑进眼帘，越来越清晰，越来越完整，就像是诗人的舟没有动，而是这两岸的青山主动跑到他面前一样。可事实却恰恰相反，实际上是诗人的舟从远处顺流而下，越来越接近天门山，天门山也就越来越清晰地展现在他的面前。

不仅如此，“孤帆一片日边来”也具有浓郁的浪漫主义风采。诗人乘坐孤舟，在浩渺的江面上背对着太阳由远而近，顺流而下，对于天门山来说，越来越近。如果由天门山看去，诗人一叶孤舟就犹如从遥不可及的天际而来。所谓“日出东海落西山”，在浩渺的楚江之上，太阳所在的方向正好与诗人行船的方向相反。因此，诗人以丰富的想象与夸饰，描述自己从日边而来。

就这样，天门山的奇观活灵活现地呈现在广大读者的面前。无疑，这丰富的想象和大胆的构思，充分显示了诗人的浪漫主义情怀，展现了诗人自由洒脱、轻松惬意的精神风貌。我们在阅读诗作的过程中，也能明显地感受到诗人浪漫主义手法所营造出的雄壮宏伟的诗意氛围。正所谓山依水立，水由山出，山水相连，一派壮观的景象就这样在诗人绘声绘色、充满想象的笔触下跃然纸上，令人心驰神往，无限迷醉。

其实，这也就是浪漫主义诗作给人们最大的阅读享受和视觉冲击力。正如我们在诗人李白的诗作中感受到的一样，诗作的字里行间都充满了诗人强烈的主观情感和浪漫主义情调，而且在描写景象的过程中，诗人善于运用丰富而又奇特的想象，着力创造出一个唯美的理想世界。

白马篇

龙马花雪毛，金鞍五陵豪。
秋霜切玉剑，落日明珠袍。
斗鸡事万乘，轩盖一何高。
弓摧南山虎，手接太行猱。
酒后竞风采，三杯弄宝刀。
杀人如剪草，剧孟同游遨。
发愤去函谷，从军向临洮。
叱咤经百战，匈奴尽奔逃。
归来使酒气，未肯拜萧曹。
羞入原宪室，荒淫隐蓬蒿。

全诗大意如下："你骑着一匹白毛的高头大马，这匹马背上的金鞍闪耀，真不愧是五陵豪侠。再看你佩带的剑，色如秋霜，切玉如泥；你所穿的衣袍，缀有明珠，耀如落日。原来你是侍奉皇上的斗鸡徒，乘坐的马车都有高高的轩盖。你拉开弓可以射杀南山虎，伸开臂膀可以接住太行飞猿。你酒后风采飞扬，三杯下肚，笑弄宝刀。你杀人如剪草，与大侠剧孟一同四海遨游。你终于想改变自己的放荡生活，要争取功名，于是你立志要去函谷关跟随大军前往临洮前线。你身经百战，在战场上叱咤风云，而匈奴人遇见你则尽数奔逃。你归来后豪气不减，终日饮酒，不肯给萧何、曹参等大臣下拜。你羞于学原宪那样，居住在荒僻蓬蒿的地方。”

显然，这首五言古诗充溢着诗人李白强烈的主观情感。在这首诗作中，诗人虽然承继了曹植《白马篇》的精神，但是内容上却有所不同。这里，诗人通过塑造一个武艺高强、报国杀敌、功成退隐的侠客形象，表现了自己不肯摧眉折腰事权贵的傲骨，体现了诗人鲜明独立的个性。

据记载，唐玄宗开元十九年（公元 731 年），玄宗多任宦官，并让宦官组成“内朝”，尤其是宦官高力士，备受玄宗赏识。而高力士幼时入宫，玄宗统治期间，由于高力士曾帮助玄宗平定韦皇后和太平公主之乱，深得玄宗宠信，其地位也达到顶峰，累官至骠骑大将军，开府仪同三司，一生尽心辅佐玄宗，被誉为“千古贤宦第一人”。

也正是因为这样，时四方表奏，皆先为高力士所决。可见，高力士在朝廷中有着举足轻重的地位。而此时，在外游历多年的诗人李白返回长安，可是眼见宦官权贵把持朝政，李白不肯屈事权贵，于是继续游历。

可是自此之后的游历对于李白来说，是异常辛苦的，他落魄市井，且屡次受到恶霸欺凌。为此，诗人的心中充满了愤懑，而诗人的这首《白马篇》就作于此时。诗作之中流露出诗人对于官运不济，壮志未酬，虽胸有大志却不受重用的无限惋惜和悲痛之情。

当然，在这个过程中，对于性情豪放的诗人李白来说，他并没有意志消沉，自甘堕落，而是以饱满的激情写了这首《白马篇》。

首先，在诗作的前四句，“龙马花雪毛，金鞍五陵豪。秋霜切玉剑，落日明珠袍”。诗人浓墨重彩地描绘了豪侠的形象。这位侠士骑着一匹白毛的龙马（《周礼》：马八尺以上为龙），马鞍金光闪耀，佩剑色如秋霜，切玉如泥，所穿的衣服还缀有明珠，光耀夺目。

显然，从骑行穿戴上可以看出，这位豪侠出身高贵，仪表不凡，而且从诗人热烈奔放的语言描述中，我们也能够感受到这是位意气风发、气宇轩昂的豪侠。事实确实如此，这位豪侠是一位卓尔不群、武艺高强的人。

“斗鸡事万乘，轩盖一何高。弓摧南山虎，手接太行猱。”在这里，诗人极力描述了豪侠的倜傥不群和武艺高强。尤其是后面两句“弓摧南山虎，手接太行猱”，诗人以丰富的想象和夸饰表现了豪侠的武艺之高。

其中，“南山虎”出自《晋书·周处列传》，凶恶异常，当时与义兴人周处、长桥下蛟并称为“三害”。后来，周处杀虎斩蛟，改过自新，终成忠臣良将。“太行猱”是指活动在太行一代的一种十分狡猾的猴子。这种猴子体型较小但善于攀爬，爪子锋利，聪明而狡猾，在大山之中是极难以捕捉的。因此，不管是“南山虎”还是“太行猱”都不是一般人能够轻易征服的，甚至可以说是几乎不可能征服的。

可是在这里，诗人在描写这位豪侠时，却以“南山虎”“太行猱”这些凶猛、狡黠的动物来反衬豪侠高强的武艺、敏捷的身手，豪侠的英姿可以说是呼之欲出。当然，这是一种夸张的浪漫主义表现手法。在豪侠的面前，不管是凶恶的南山虎，还是狡猾的太行猱都微不足道，他能够轻松地应对、解决。可见，这位豪侠身手敏捷，武艺不凡。

接着，诗人继续以热情奔放的语言来描绘豪侠的侠客形象。“酒后竞风采，三杯弄宝刀。杀人如剪草，剧孟同游遨。”豪侠不拘小节，纵酒豪饮，风采飞扬，而且豪侠为人疾恶如仇，爱憎分明，对敌寇毫不留情，彰显了一代豪侠的意气和神采。显然，这是豪侠心性的鲜明写照，也是诗人李白一直崇尚的自由洒脱、无拘无束、快意恩仇的生活状态。

其中，“剧孟”是汉时著名大侠，誉满诸侯，而此处泛指当时豪侠之中的雄杰者。在这里，诗人描写的豪侠与剧孟同游，可见，这位豪侠也堪称英雄豪杰，非常人可比。而这种侠气与诗人李白身上的豪情也非常契合。显然，这是诗人自身的一种写照。

然后，“发愤去函谷，从军向临洮。叱咤经百战，匈奴尽奔逃”。诗人又以热烈奔放的语言刻画了豪侠报国杀敌的爱国精神。在国家危难之际，豪侠去了函谷关，跟随大军去到临洮前线，而且他叱咤风云、身经百战，匈奴人遇之都如蝼蚁般尽数奔逃。

无疑，这是一位武艺高强的爱国豪侠，他满怀报国热情，上阵杀敌勇往直前，豪气冲天。而“叱咤经百战，匈奴尽奔逃”，在夸张的浪漫主义手法运用下，更是把豪侠在战场上的英武善战、不计生死、威震四方、一往无前的战斗形象描绘得淋漓尽致，读来不禁令人热血沸腾。而这四句也正是诗人理想和抱负的鲜明写照。

最后，“归来使酒气，未肯拜萧曹。羞入原宪室，荒淫隐蓬蒿”。结尾这四句是说：豪侠打败敌人，胜利归来，既不会阿附权贵、居功邀赏，也不会自命清高、隐居草野、逃避现实，而是仍然一如既往地过着他一贯的游侠生活，豪气不减，以酒为伴，不肯摧眉折腰事权贵。

无疑，这是一位真豪侠的傲骨和品格，是一位真名士的节操和尊严，他不会为权贵折腰，不会为五斗米屈尊。豪侠功成身退，不慕荣利，坚持操守和气节，这种侠气和进步的思想，显然是诗人自身的鲜明写照。

总之，诗人李白具有豪迈的气概和激昂的情怀，举止洒脱不羁，为人狂傲，愤世嫉俗，追求自由，敢于蔑视封建礼教，是一位真正的斗士。而诗人的这首诗作以强烈的个人情感灌注其中，以丰富的想象和夸张展开描述，有力地展现了一个武艺高强、报国杀敌、功成身退的豪侠形象，充分流露出了诗人内心的理想和抱负，显示了一位浪漫主义诗人的志向和才情。

江上吟

木兰之枻沙棠舟，玉箫金管坐两头。
美酒尊中置千斛，载妓随波任去留。
仙人有诗乘黄鹤，海客无心随白鸥。
屈平词赋悬日月，楚王台榭空山丘。
兴酣落笔摇五岳，诗成笑傲凌沧洲。
功名富贵若长在，汉水亦应西北流。

全诗大意如下："在以木兰香木为桨，以沙棠木为舟的船上，歌妓坐在船的两头用金玉装饰的箫笛吹奏着。这艘名贵的船上载着千斛美酒和美艳的歌妓，在江中随波逐流。黄鹤楼上的仙子还在等待乘黄鹤而仙去，而我这个海客却毫无机心地与白鸥同游。伟大诗人屈原的词赋仍然与日月并悬，而楚王建造楼台亭阁的山丘之上如今已经空无一物了。我诗兴大发时，落笔可以摇动五岳，诗成之后，笑傲之声直接凌驾于沧海之上。功名富贵如若能够常在，汉水恐怕就要向西北倒流了。"

这首诗作是唐代伟大诗人李白的作品，该诗作于唐玄宗开元二十二年（公元 734 年）。此时，李白三十四岁，客游江夏（今湖北武昌），在这里，诗人以江上的遨游起兴，借助大胆夸张的描写和丰富的想象力，表现了诗人对庸俗、局促现实社会的蔑视和对自由、理想生活的追求，展现了诗人对未来生活的美好诉求。

实际上，诗人李白天生就是一个浪漫奔放、不拘泥于现实的人，对于现实社会的不堪和不平常常是非常愤懑，而且他是一个理想而纯粹的人，在尔虞我诈的官场之上一直备受排挤和压迫。尤其是唐玄宗开元十九年（公元 731 年），玄宗多任宦官，尤宠信高力士，时四方奏表，皆先为高力士所决。在这样的政治环境下，诗人李白仕途不畅，穷困潦倒于长安，失意游走。

正是因为这样，诗人客游江夏，以抒发胸中愤懑之情，而这首诗作也就是诗人在这样的情绪状态下创作完成的。但是，诗人并没有像一般的失意之人那样自暴自弃，而是在诗作中寄予了自己的理想和诉求，体现了一个不肯服输、不怕失败，勇于追求理想的正面形象，使得诗歌充满了浪漫主义气息。

“木兰之枻沙棠舟，玉箫金管坐两头。美酒尊中置千斛，载妓随波任去留。”诗人在诗作的开头四句描写了江上遨游的景色。这时，诗人坐在以木兰香木为桨，以沙棠木为舟的船上，歌妓坐在船的两头吹奏着用金玉装饰的箫笛。这艘名贵的船上载着千斛美酒、美艳的歌妓，在江中随波逐流。显然，这里描绘了一个极美极惬意的场景，营造出一个理想美好的氛围。在这样的小舟上，诗人可以尽诗酒之兴，极声色之娱，完全抛却现实的繁杂污秽，在这个自由而美好的世界里尽情地享受。

但需要注意的是，这并不是诗人游历的纪实性描写，而是经过夸饰的、理想化的描写。其中，“木兰之枻沙棠舟”是指用极其珍贵的木料制成的船，“玉箫金管”是指用金玉装饰的箫笛，“千斛”形容船中置酒极多。这一切物象所展现出的铺张奢华，显然都是诗人的夸饰与想象。正常来说，政治失意后的李白本不应该如此的轻松快意，轻舟歌舞，然而在诗作中，诗人一扫心中的阴霾，以丰富的想象和大胆的描写，把自己的这次出游描写得超俗绝世，轻松快意，极富诗情画意，充满浪漫情调，显示出一种积极乐观的精神。

无疑，这是浪漫主义诗人独有的创作精神和处世风格。他们面对污浊不平的社会现实，往往能够以浪漫主义精神化解，以豪放洒脱的诗情加以调和，而李白正是这样的浪漫主义诗人。他面对仕途上的失意和沮丧，并没有一味沉沦，而是以积极浪漫的心态进行自我疏解。

当然，仕途的不顺并不能削弱诗人心中的激情和斗志，不能抵消诗人对现实的不满和蔑视。接着，“仙人有待乘黄鹤，海客无心随白鸥。屈平词赋悬日月，楚王台榭空山丘”。中间这四句两两对比，诗人形象生动地揭示出了他对理想生活的追求，对现实政治的不满。黄鹤楼的仙子还在等待乘着黄鹤离去，而我却毫无机心地与白鸥同游。伟大诗人屈原的词赋仍然与日月并悬，而楚王建造台榭的山丘之上如今却已经空无一物了。

从中间这四句中，我们能够明显地感受到诗人的情感倾向和爱憎之意。诗人此时以黄鹤楼的神话传说引出主题，表达了诗人对泛舟行乐的肯定和认同。黄鹤楼在今湖北省武汉市武昌西蛇山上，下临汉江。传仙人子安曾驾鹤过此，因此而得名。也有说是费祎乘黄鹤登仙，曾在此休息，故名黄鹤楼。

而紧接着，诗人表达了自己的政治主张。“屈平词赋悬日月，楚王台榭空山丘。”伟大爱国诗人屈原尽忠爱国，反被驱逐，终于自沉汨罗江，但是他的词赋却可与日月争光，永垂不朽。相反地，楚王当年奴役人民所建造的景观台榭，却早已荡然无存了。看来，在历史向前行进的过程中，进步者终归不朽，反动者必将灭亡，尤其依靠势力权位者终不可长久。此时，诗人李白仕途不顺，在朝中备受小人诽谤，这样的处境使诗人在泛舟时不禁发出如此的感慨，可谓意气风发，斗志昂扬。

最后，“兴酣落笔摇五岳，诗成笑傲凌沧洲。功名富贵若长在，汉水亦应西北流”。结尾四句，诗作字里行间描绘出了诗人李白藐视一切、傲岸不羁的浪漫主义神态。在写诗的过程中，诗人运用了大量的夸饰和丰富的想象，使得诗人饱满的情感在诗中体现得淋漓尽致，显示出无尽的力量和气势。

其中，“兴酣落笔摇五岳，诗成笑傲凌沧洲”充分展示了诗人李白的浪漫主义神采。兴酣之时，落笔可以摇动五岳，诗成之后，笑傲之声可以凌驾于沧海之上。这是何等的豪壮自信，是何等的洒脱不羁，其中“摇五岳”笔力雄健气势壮阔，“凌沧洲”胸襟开阔格调高雅，其磅礴之势犹如大江东来，让人不得不钦佩诗人大胆的想象和极致的夸张。而这种浪漫主义艺术手法的运用也使得诗作气势磅礴，情感浓烈，让人内心激荡。诗人桀骜不驯、志高才远的伟岸形象呼之欲出。

“功名富贵若长在，汉水亦应西北流。”诗人以嘲弄的口气说明功名富贵不会长在，表达了诗人对功名富贵的不屑，对理想的坚定，从而表达出一种强烈的情感。这首诗作从开篇到结尾都洋溢着浓郁的浪漫主义气息，诗人李白不愧有“诗仙”之称，不愧是中国历史上杰出的浪漫主义诗人，其浪漫奔放的诗作，宛如天成，激励人心。

蜀道难

噫吁戏危乎高哉，蜀道之难难于上青天。

蚕丛及鱼凫，开国何茫然。

尔来四万八千岁，不与秦塞通人烟。
西当太白有鸟道，可以横绝峨眉巅。
地崩山摧壮士死，然后天梯石栈相钩连。
上有六龙回日之高标，下有冲波逆折之回川。
黄鹤之飞尚不得过，猿猱欲度愁攀援。
青泥何盘盘！百步九折萦岩峦。
扪参历井仰胁息，以手抚膺坐长叹。
问君西游何时还，畏途巉岩不可攀。
但见悲鸟号古木，雄飞雌从绕林间。
又闻子规啼夜月，愁空山。
蜀道之难难于上青天，使人听此凋朱颜。
连峰去天不盈尺，枯松倒挂倚绝壁。
飞湍瀑流争喧豗，砯崖转石万壑雷。
其险也如此，嗟尔远道之人胡为乎来哉。
剑阁峥嵘而崔嵬，一夫当关，万夫莫开。
所守或匪亲，化为狼与豺。
朝避猛虎，夕避长蛇。
磨牙吮血，杀人如麻。
锦城虽云乐，不如早还家。
蜀道之难难于上青天，侧身西望长咨嗟。

全诗大意如下：“唉呀呀，多么危险多么高峻伟岸啊！蜀道真的是太难攀登了，简直比登上青天还要难。传说中蚕丛和鱼凫建立了蜀国，至于开国的年代过于久远已经无法考证了。从那时至今约有四万八千年，秦蜀两地被秦岭阻碍从不沟通往来。西边太白山有只能飞鸟通过的小道，从那小路可以横越峨眉山顶峰。山崩地裂蜀国五壮士被压死了，两地才有天梯栈道开始相通联。”

“上有挡住羲和六龙车的山巅，下又有激浪排空、迂回曲折的大川。善于高飞的黄鹤尚且无法飞过，即使是最善攀缘的猴类也会一筹莫展。青泥岭多么曲折啊！它绕着山峦盘旋百步之内转九个弯。可以摸到参星和井星叫人仰首屏息，用手抚胸坐地徒有长叹之声。问入蜀的友人西游何时才能返回？可怕的路途中险恶陡峭的山壁实在是难以攀登！只见那悲鸟在古树上哀鸣啼叫，雄雌相随飞翔在原始森林之间。月夜里听到的是杜鹃悲惨的哀鸣声，哀鸣声回荡在空荡的山间更添愁情。蜀道真的太难攀登了，简直比登上青天还要难！叫人听到了这些怎能不脸色突变。”

“山峰座座相连离天还不到一尺，枯松老枝倒挂倚贴在绝壁之间。飞奔而下的急流与瀑布的激流争相发出巨大响声，水石相击好似万壑鸣雷一般。蜀道这般艰难，唉呀呀，你这个远道而来的客人，为什么来到这个险要的地方呢？剑门关山势高大雄峻，只要一个人把守千军万马也难攻占。驻守的官员若不是皇家可信赖的人，难免要变为豺狼在此为非造反。清晨你要提心吊胆地躲避猛虎，傍晚你要警觉防范长蛇的侵害。豺狼虎豹磨牙吮血真叫人不安，毒蛇猛兽杀人如麻令人胆寒。锦官城虽然说是一个可以享乐的地方，但如此凶险还不如早早回家。蜀道真的是太难攀登了，简直是比登上青天还要难，侧身西望令人不免感慨和长叹。”

一种说法认为这首诗作大约创作于唐玄宗天宝初年（公元 742 年），也就是诗人第一次到长安之时。在这首诗作里，诗人袭用乐府古题，把惊人的想象和奇妙的夸张相结合，描写了秦蜀道路上奇丽惊险的山川，充分显示了诗人的浪漫主义气质和热爱祖国河山的情感。

而且，这首诗作基调雄奇奔放，是诗人李白最富有浪漫主义色彩的代表作之一，也是其成名作。其中，强烈的感情、大胆的夸张以及丰富奇特的想象都使得整首诗作散发出浓郁的浪漫主义气息，集中体现了诗人李白的艺术特色和创作个性。

下面，我们就一起走近诗人的这首浪漫主义诗作《蜀道难》，体味一下诗作字里行间流露出来的浪漫主义情感。

总体上来说，诗人是以从古至今，自秦入蜀为线索，逐步展开来描绘蜀地山水特点，展现蜀道之难的。其中，从“噫吁戏”到“然后天梯石栈相钩连”可作为诗作的第一部分。这里以强烈的感情点出主题，极言蜀道之难，为全诗奠定了雄奇奔放的基调。

比如，诗人一开篇就以“噫吁戏危乎高哉，蜀道之难难于上青天”，强烈咏叹蜀道的艰险，而且情感奔腾直泻，直截了当地抒发了诗人对蜀道高峻艰险所感到的惊愕、感慨。而其中“蜀道之难难于上青天”更是以极其夸张的描述手法对蜀道的艰险进行刻画，入蜀甚至要比登上青天还要艰难。

事实上，这是诗人李白浪漫主义诗作中惯用的夸张手法。而对于夸张这一艺术手法来说，李白算是将其运用到了极致，他往往把笔下的事物夸张到极致，已经到了登峰造极、无以复加的程度。这里诗人描述的“蜀道之难难于上青天”就是如此，人们都言登天最难，可是诗人却说蜀道之难，相比于登天有过之而无不及，其极度夸张的浪漫主义手法可见一斑。

接着，“蚕丛及鱼凫，开国何茫然。尔来四万八千岁，不与秦塞通人烟”。诗人借助半人半神的蚕丛和鱼凫开创古蜀王国的神话传说，穿越古今，展开描述，可谓承接千古。不仅如此，诗人用历史久远，衬托了秦蜀交通阻隔的时间之久。“尔来四万八千岁”这等数字的修饰描述令人深感其时代的久远。

“西当太白有鸟道，可以横绝峨眉巅。地崩山摧壮士死，然后天梯石栈相钩连。”由秦入蜀，太白峰首当其冲，只有高飞的鸟儿能够从低缺处飞过，诗人在这里极力描绘了历史上这道难以逾越的险阻。但是，紧接着，诗人又融汇了“五丁开山”的神话传说，描述了秦蜀之间天梯栈道的修筑。这丰富的想象和神话传说相结合，使得诗作弥漫着绝妙的浪漫主义色彩，引人入胜。

从“上有六龙回日之高标”到“使人听此凋朱颜”是诗作的第二部分，这里诗人描写了山势的高危、蜀道的艰险。“上有六龙回日之高标，下有冲波逆折之回川。黄鹤之飞尚不得过，猿猱欲度愁攀援。”诗人极力写出了蜀山山势的艰险，那突兀耸立的高山，高接天际，甚至挡住了羲和的道路，连为羲和驾车的六龙至此也要掉头东返，山下也是激浪奔腾，曲折回旋，上下皆是险峻异常。而且诗人还借助黄鹤与猿猱，使得蜀道的艰险更进一层。山高得连翱翔千里的黄鹤都无法飞度，身手敏捷的猿猴也愁于攀缘。

由此，诗人把极致的夸张与神话传说相结合，以虚写的手法层层映衬，使得蜀道的险峻被绘声绘色地呈现在人们的眼前。虽然，这些极度的夸张并不符合事物的实际情况，然而却有力地突显了蜀道的雄奇艰险，突出了蜀道难以攀越的凛然气势。而且，诗人还着重描写了入蜀要道青泥岭，这里峰路萦回、百步九折、行路艰难，就这样诗人发挥了充分的想象和夸张，使山势的险峻曲折得到了淋漓尽致的体现。

“问君西游何时还，畏途巉岩不可攀。但见悲鸟号古木，雄飞雌从绕林间。又闻子规啼夜月，愁空山。”诗人这里笔锋一转，借景抒情，描写旅愁，渲染了蜀道上空寂苍凉的环境，侧面烘托了登蜀道之难。而“蜀道之难难于上青天，使人听此凋朱颜”，诗人又以夸张的笔触结句。人们常道“谈虎色变”，可是蜀道之难却使人“凋朱颜”，则蜀道艰险可怕的程度可谓非同一般。

最后，从“连峰去天不盈尺”到全诗结束为诗作的第三部分。这里，诗人以山川之险来突出蜀道攀登之难，渲染惊险气氛。“连峰去天不盈尺，枯松倒挂倚绝壁。飞湍瀑流争喧豗，砯崖转石万壑雷。”据三秦民谣所说，“武功太白，去天三百”，可诗人这里却说“连峰去天不盈尺”，用这种极其夸张的描述体现山峰之高，可以说是无与伦比。而枯松倒挂，水石激荡，山谷轰鸣，这一系列惊险的场景描写，令人目不暇接，惊险异常，从而营造出一种排山倒海的气势，使蜀道之艰险跃然纸上，令人望而生畏。

“剑阁峥嵘而崔嵬，一夫当关，万夫莫开。所守或匪亲，化为狼与豺。”诗人接着写到蜀中要塞剑阁的险峻。剑阁位于大剑山和小剑山之间的一条三十里长的栈道上，地势险要，易守难攻。“剑阁峥嵘而崔嵬，一夫当关，万夫莫开”就以夸张的描述手法和神奇的想象描写了剑阁的险峻与蜀道峥嵘崔嵬的面貌，生动渲染了蜀地阴森幽邃的氛围，使人如身临其境一般。

而且，这里还需要“朝避猛虎，夕避长蛇”，蜀中豺狼更是“磨牙吮血，杀人如麻”，这一切都有力地证实了蜀道的异常艰险。也正是因为这样，诗人言道“锦城虽云乐，不如早还家”。而且诗人在结尾处依旧再次强调“蜀道之难难于上青天”，这种反复的咏叹，使诗人强烈的情感笼罩全诗，读来令人心潮澎湃。

总之，诗人李白的这首《蜀道难》描绘形象生动，字里行间流露出浓郁的浪漫主义气息，令人读后荡气回肠。而且，在这首诗作中，诗人寄情山水，放浪形骸，感情强烈，将丰富奇特的想象、极致的夸张和神话传说结合在一起，淋漓尽致地刻画了攀登蜀道的艰险困难，再现了古老蜀道险峻、崎岖的面貌。

当然，这是诗人李白浪漫主义诗词的一个显著特征，也是本诗的一大特色。在这里，诗人以强烈的情感贯穿始终，反复咏叹，选取了蚕丛开国、五丁开山、子规啼恨的古老传说以及六龙回日的瑰丽神话，并把它们编织在对蜀道艰难的奇特想象和夸张描绘中，为其笔下的蜀道添上了一层古朴悲凉而又神奇迷离的色彩，使得整首诗作散发出了一股浓郁的浪漫主义气息。

行路难·其一

金樽清酒斗十千，玉盘珍羞直万钱。
停杯投箸不能食，拔剑四顾心茫然。
欲渡黄河冰塞川，将登太行雪暗天。
闲来垂钓坐溪上，忽复乘舟梦日边。

行路难，行路难，多歧路，今安在。

长风破浪会有时，直挂云帆济沧海。

全诗大意如下：“金杯里装的美酒，每斗要价十千；玉盘中盛的精美佳肴，价值万钱。但是我放下杯子、筷子不能下咽，抽出宝剑环顾四周，心中一片茫然。想渡过黄河，可寒冰却堵塞了河川；准备登太行山，莽莽大雪又遍布高山。闲来垂钓向往有姜太公般的机遇，又想象似伊尹梦见乘船经过太阳那般被重用。行路难！行路难！岔路多，如今身在何处？总有一天，我能乘长风破万里浪，高挂着风帆渡过茫茫大海，到达理想的彼岸！”

这是诗人李白所写的三首《行路难》中的第一首，是诗人在唐玄宗天宝三年（公元 744 年）离开长安时所写的。事实上，李白才高志远，本是一个积极入仕的人。唐玄宗天宝元年（公元 742 年），诗人李白应召入京，供奉翰林，试图施展自己经世济国的宏愿，但是他很快就受到了权臣的排挤，与朝中权贵格格不入，仅仅两年的时间就被“赐金放还”，逐出长安。正是在官场失意的环境氛围下，诗人李白深感仕途艰难，在朋友为他饯行时，满怀愤慨地写下了《行路难》组诗。

可以想象，此时诗人李白的心情是十分复杂的，仕途的艰难和官场的失意极大地打击了才高志远的诗人，他满心苦闷、愤懑、不甘。在诗作中，诗人以行路艰难比喻了仕途的艰难。但是，尽管如此，诗人李白内心强烈的苦闷、愤慨和不平之情并没有在诗作中表现得一发不可收拾，而诗人最终摆脱了内心的彷徨、苦闷和抑郁之情，相信尽管前路障碍重重，但是自己终有一天，能够乘长风破万里浪，到达理想的彼岸，实现自己的抱负。

毕竟诗人骨子里就有一种不屈不挠的浪漫主义情怀，他倔强而自信、不卑不亢，敢于向一切的艰难险阻发起挑战，具有浪漫主义的内在精神和纯粹灵魂。也正是因为这样，诗人才于绝境中发出高昂的声音，表达了继续追求理想的愿望。

下面，我们就来一起看一下诗人李白融注在此诗作中的浪漫主义神采。

“金樽清酒斗十千，玉盘珍羞直万钱。停杯投箸不能食，拔剑四顾心茫然。”诗作的前四句，诗人首先描写了临别之际，亲朋故友对他的深情厚谊。在诗人被“赐金放还”后，朋友们不惜人力物力，斥巨资为诗人饯行，其中“金樽清酒”“玉盘珍羞”可见朋友们的一片盛情。按照常理，对于酷爱饮酒的李白来说肯定要豪情纵饮。可事实上，此时此刻，诗人李白却停杯投箸、拔剑四顾、心绪茫然、内心苦闷，情绪变化非同寻常。

接着，“欲渡黄河冰塞川，将登太行雪暗天”。诗人延续着这样悲怆烦闷的情绪继续娓娓道来。想渡黄河，冰雪堵塞了大川；要登太行山，却被莽莽的风雪封山。这无疑让人有一种极大的失落感和挫败感。而此时，诗人应召入京仅仅两年时间就被“赐金放还”，逐出长安，自己空有理想和抱负却无法施展，这样的感觉就如同冰塞黄河、雪拥太行，让人痛心疾首。

不过，虽然对此诗人也有苦闷和愤懑之情，但是诗人终究不是软弱悲切的人。他怀有远大的政治抱负，能够及时地化悲痛为力量，将这种消极堕落的情绪有效地转化。诗人并不甘心就此沉沦，而是坚持追求自己的理想和抱负。

“闲来垂钓坐溪上，忽复乘舟梦日边。”在这两句诗中，诗人引用了两个具有代表性的典型人物吕尚（即姜太公）和伊尹的故事。起初，他们两位仕途都不顺利，但是最终却都大有作为，成就了一番惊天伟业。其中，据说吕尚在没有遇到周文王之前，曾一度垂钓于磻溪（今陕西宝鸡陈仓区天王镇伐鱼河畔），直到 90 岁才得到周文王的赏识；另一位是伊尹，他在被商汤任用之前，梦见自己乘船经过日月之旁。显然，诗人这里引用“垂钓碧溪”“乘舟梦日”两个典故，意在表达诗人希望自己有朝一日也能够像古人一样，被统治者信任重用，成就一番惊世伟业。

而且，从这两句诗中，我们也能够体味到诗人丰富的想象能力，浪漫主义的写作手法。吕尚和伊尹都曾辅佐帝王建立不朽功业，诗人这里借用典故，大胆想象，十分有力地表明了诗人对自己的仕途仍然抱有很大的希望。诗人积极乐观的情怀使他对未来充满了信心和憧憬。

“行路难，行路难，多歧路，今安在。”然而，望古念今，虽然诗人对未来充满了信心，但是看到自己眼前的境况，又不得不心生彷徨和苦闷之情，不知道今后的路要怎么走，要怎么做才能摆脱眼前的困境，得到更好的发展。

可诗人李白毕竟是倔强而自信的，他是一个具有浓郁浪漫情怀的诗人。“长风破浪会有时，直挂云帆济沧海。”在这里，诗人以热烈奔放的语言来表达自己的理想和观念，摆脱了现实的束缚和枷锁，经受住了仕途的失意和政治上的落寞。可以说，在这首诗作中，这两句诗鲜明而深刻地表现了诗人积极的态度，对人生的憧憬、对现实的关注，以及一种不服输的、对未来充满信心的态度，并且用浪漫主义的手法展现出诗人李白自己乐观、豪迈的气概。对于诗人李白来说，哪怕前面的道路多崎岖险峻，他也始终相信自己有一天能够乘长风破万里浪，横渡沧海，相信自己的理想和抱负有实现的一天。

显然，在诗作的最后两句，诗人灌注了强烈的情感和巨大的精神力量。诗人试图从苦闷的政治现实中挣脱出来，赶走眼前的阴霾，走出目前的困局，实现自己的宏大理想和抱负。因此，诗作的结尾两句境界顿开，饱含了诗人浓烈的情感，充分表现了诗人乐观豪迈的人生气概，唱出了高昂乐观的调子，使得整首诗作充满了积极的浪漫主义情调。

当然，结尾两句的字里行间也突出表现了诗人的倔强、自信和他对理想的执着追求，展示了诗人力图从苦闷中挣脱出来的强大精神力量。

因此，这首诗作饱含着诗人热烈的情感，而且其情感真挚而强烈，揭示了诗人激荡起伏、复杂变化的情感。对“金樽清酒”“玉盘珍羞”“停杯投箸”“拔剑四顾”“长风破浪”等细节的描写都显示了诗人感情的强烈起伏。诗人的心里失望和希望、抑郁与昂扬交替变化。就这样，全诗通过层层叠叠的感情起伏变化，一步步地烘托，最终体现了诗人对人生的追求和生活态度。所以，诗人李白的这首诗作很好地体现了一位浪漫主义诗歌大师的艺术功力。

西岳云台歌送丹丘子

西岳峥嵘何壮哉，黄河如丝天际来。
黄河万里触山动，盘涡毂转秦地雷。
荣光休气纷五彩，千年一清圣人在。
巨灵咆哮擘两山，洪波喷箭射东海。
三峰却立如欲摧，翠崖丹谷高掌开。
白帝金精运元气，石作莲花云作台。
云台阁道连窈冥，中有不死丹丘生。

明星玉女备洒扫，麻姑搔背指爪轻。

我皇手把天地户，丹丘谈天与天语。

九重出入生光辉，东来蓬莱复西归。

玉浆倘惠故人饮，骑二茅龙上天飞。

全诗大意如下：“华山是何等的高峻雄伟，站在云台上北望，只见黄河宛如一缕游丝从天际蜿蜒而来。黄河奔腾万里，波涛冲击着华山，漩涡像车轮般转动，发出地动山摇的声音，像巨雷一样在秦川大地上回响。黄河的水在阳光的照射下呈现耀眼光彩，上空被五色云气笼罩，千年难得变清的河水变得清澈，正是因为圣人大禹的出现才会有如此的祥瑞景象。河神巨灵大吼一声，将首阳山和华山劈开，让黄河之水喷涌而过，直射东海。而华山三峰（朝阳峰、落雁峰、莲花峰）被震得后退欲倒，在高高的翠崖丹谷之上，留下巨灵的掌印。西方之神白帝运用元气，将华山顶峰化作莲花，白云化作云台。云台栈道直通往人无法到达之处，山中有位不死的神仙名叫丹丘子。明星玉女为他清洁洒扫，麻姑为他轻轻地搔背。天帝主宰天地之门户，邀请丹丘子共谈天地之道。丹丘子将出入天子居处，沐浴天子的荣耀，从蓬莱西归京师。倘若丹丘子的玉浆能够赐给我一饮的话，我将与您一起骑上飞龙上天。”

这首诗作是唐玄宗天宝三年（公元 744 年），李白在华山送别元丹丘赴长安时所写。元丹丘也就是丹丘子，是一位喜好漫游的“游仙”，这一点可以说和李白志趣相投，因此他们关系密切，友谊深厚，经常一起相伴游历。此时，李白已经四十四岁，也已经被“赐金放还”，离开长安。

在这首诗作中，诗人着重描绘了黄河的奔腾冲泻之势以及华山的壮观景色。虽然，这首诗作看似是一首游仙诗，可实际上却是一首咏物抒怀的诗歌。在诗作中，诗人以极富浪漫主义情调的笔法，将雄伟的山水风光和瑰丽的神话相结合，加之以大量丰富奇特的想象，把华山和黄河描绘得雄伟壮丽、气象万千，抒写了黄河奔腾的壮丽，高山仰止的情感，创造出了一个奇幻飘逸的世界。因此，可以说这首诗作全篇都充盈着浪漫主义气息。

“西岳峥嵘何壮哉，黄河如丝天际来。”一开篇，诗人李白便以阔达的视角描绘了华山的峥嵘秀美，以及在烟云缥缈的华山绝顶，远眺千里之外的黄河情状。其中，“黄河如丝天际来”似乎与“黄河之水天上来，奔流到海不复回”的感受全然不同。事实上，这是诗人居高远眺所看到的景象，而且对黄河的勾勒也同样采取了夸张和比喻的浪漫主义手法，体现了黄河一泻千里之势。当然，这“黄河如丝”的比喻也有力地映衬了华山的高耸入云之势。

但是，波涛滚滚的黄河毕竟不是温顺的沟溪小河，在它由远而近，奔腾至华山脚下的时候，其蓄积万里的力量就爆发出来了。“黄河万里触山动，盘涡毂转秦地雷。荣光休气纷五彩，千年一清圣人在。”这里，诗人将强烈的情感融注在浪漫主义的夸张手法之中，把黄河令人惊心动魄的面貌描绘得淋漓尽致。而诗人以“千”“万”等数字来描绘，以及带有夸张的比喻都使得诗人对黄河的描述充满想象，独具浪漫色彩。

不仅如此，接着诗人还借助一系列的神话传说来描绘华山及黄河的演变过程。“巨灵咆哮擘两山，洪波喷箭射东海。三峰却立如欲摧，翠崖丹谷高掌开。白帝金精运元气，石作莲花云作台。”据说，大禹治水之前，华山与对岸的山峰相连一片，挡住了滚滚黄河。而大禹到来以后，指挥河神巨灵，将山峦横击为二，黄河才得以畅流。那击开的两半，也就是现在隔河相峙的华山和首阳山。

而刚刚击开的三峰也被巨灵震得慌忙退立，才免于倾覆。但是，在翠崖丹谷之上还是留下了巨灵的掌印。不过白帝（西方之神）与之不同，他并没有那么粗鲁，而是暗运天地之气，一夜之间将华山的顶峰化作了一朵莲花，让缭绕的白云变为云台。自此之后，华山就犹如盛开在万里白云之上的青莲。

显然，这一系列的神话传说，交织着黄河的涛声骇浪，把华山的奇景描绘得活灵活现，浪漫神秘，充分发挥了诗人的浪漫主义想象，为整首诗作营造出了一个神奇缥缈的意境，为友人的出现做好了准备。

就这样，诗人李白的友人元丹丘顺势出场了。“云台阁道连窈冥，中有不死丹丘生。明星玉女备洒扫，麻姑搔背指爪轻。我皇手把天地户，丹丘谈天与天语。九重出入生光辉，东来蓬莱复西归。”这八句依然采取神话故事的形式来描写好友的状况。在这里，诗人写道，云台的阁道连接着九天云霄之处，有仙女侍奉洒扫，麻姑为其搔背。而丹丘生与天帝谈论着天地之道，出入九重云霄，往来于华山与蓬莱两地。

这样的描写似幻似真，浪漫传奇，可谓别有一番神韵。而事实上，元丹丘来到华山之后，只不过是过着隐逸山崖的清寂日子罢了。但是到了诗人李白的笔下，却独具神采，别具韵味。尤其是“明星玉女备洒扫，麻姑搔背指爪轻”两句，把好友元丹丘在华山的隐逸生活描写得奇幻、美妙、乐不可支。

最后，诗人还以浪漫主义的笔法表现自己对神仙飞升的向往和仰慕。“玉浆倘惠故人饮，骑二茅龙上天飞。”在这里，诗人依旧接着前面对友人仙境生活的描述，他调动自己天马行空的想象，想着友人或许能够像传说中的老翁一样，误入嵩山洞穴，得到仙人的“玉浆”。想到这里，诗人禁不住希望能够“分一杯羹”，希望自己能够像《列仙传》中说的汉中卜师、酒家老妇一样，骑上“茅狗”，刹那间化作“飞龙”升天成仙。这种悠然神往的结尾，使得诗作的浪漫主义精神贯穿始终。

在这首诗作中，诗人李白采用了大量的浪漫主义笔法，诗人笔下的山河、人物都带有浓郁的奇幻色彩，读来令人叹为观止。正如后世文人对李白七古的评价那样，真可谓“想落天外，局自变生”“有舒云流水之妙”。

把酒问月

青天有月来几时，我今停杯一问之。
人攀明月不可得，月行却与人相随。
皎如飞镜临丹阙，绿烟灭尽清辉发。
但见宵从海上来，宁知晓向云间没。
白兔捣药秋复春，嫦娥孤栖与谁邻？
今人不见古时月，今月曾经照古人。
古人今人若流水，共看明月皆如此。
唯愿当歌对酒时，月光长照金樽里。

全诗大意如下：“从什么时候开始，青天之上有了明月？我今天就停下酒杯来问一问。人想攀登明月真是太难了，月亮却老是跟着人走。月亮犹如飞天明镜每天都照耀着红色宫殿，云雾散尽，月亮皎洁的清辉洒满天空和大地。每天都看到月亮从海中升起，也看见它每天从云间山后消失。秋去春来，月亮上的白兔总是在那里捣药，月宫里孤独的嫦娥在与谁做邻居？现在的人不曾见过古时的月亮，但是今天的月亮却曾经照耀古人。古人和现在的人都像流水一样，一波接一波地逝去，可是古人看到的月亮和我们看到的月亮却没有改变。就希望每天喝酒歌舞的时候，月亮的清辉能够永远映照在金杯里。”

这是一首李白应友人邀请而作的咏月抒怀诗。众所周知，悠悠岁月，亘古不变的明月是时空里的奇迹，它常常会引起人们的遐思，引发人们的无限想象，成为人们寄予相思之情的重要媒介，而诗人李白对明月也是情有独钟。

“小时不识月，呼作白玉盘。”从这里，我们不难发现，诗人李白很小便喜欢月亮了。而在这首《把酒问月》中，诗人对于明月更是寄予了无限的深情，他仰望苍穹，塑造了一个崇高、永恒、美好又神秘的月之形象，抒发了对人生有限而宇宙无穷的慨叹，而且这其中穿插景物描绘和神话传说，展现了诗人旷达博大的胸怀和飘逸潇洒的性格，使得诗作充满了浪漫主义色彩。

下面，我们就来看一下诗人这首诗作字里行间流露出的浪漫主义神采，体味诗人浪漫潇洒的诗情。

首先，“青天有月来几时，我今停杯一问之”。诗作的前两句统摄全篇，以疑问句的形式表达了诗人此时此刻的困惑以及对明月的神往，而且此时诗人酒到酣处，仰天发问，探究明月的起源，写得极有气势，充满洒脱豪放之气，洋溢着诗人强烈的情感，使得诗作一开篇便笼罩上了一层浪漫传奇的色彩。

其中，“停杯”二字生动地表现了诗人对明月的神往和迷惑杂糅的情态，而“一问之”则把诗人把酒问月的豪爽洒脱的姿态概括地描绘了出来，使得诗人酒酣之态淋漓尽致地展现在读者的面前。而且，“李白斗酒诗百篇”的形象也随之浮现在读者眼前。看来，对李白而言，有酒必有诗。

接着，“人攀明月不可得，月行却与人相随”。诗人举杯问月，写出了人类与明月的微妙关系。古往今来，追寻明月，希望飞升以求长生不老的人数不胜数，但是这一切也只不过是徒然，明月高悬，欲攀不能，使人可望而不可即。不过，对于明月来说，不管夜间人们走到哪里，随时都能够得到月光的照拂，相伴同行，如在身边。显然，人生是短暂的，明月却是永恒的，明月以万里清辉伴随着世世代代在此繁衍生息的人们，普照尘世。

同时，这也是诗人对明月的一种拟人化的写法。在诗人李白的眼中，明月对于人而言高不可攀，可人对于明月来说它却是全程守护，这种浪漫主义的笔触使得皎洁的明月被惟妙惟肖地呈现在人们的面前，也让人们对明月有了更加深刻而深入的认识。

然后，“皎如飞镜临丹阙，绿烟灭尽清辉发”。诗人在这里以浪漫飘逸的手法描绘了月色之美。此时，浓重的云雾逐渐消散，皎洁的明月渐渐升起，犹如悬挂在天际的飞天明镜，而散射出的清辉则洒满天空和大地，下照朱红色的宫殿。无疑，明月和月光在诗人的笔下都焕发出了亮丽的色彩，都展现出了不一样的面貌。当然，这与诗人极具浪漫主义色彩的描写手法是紧密相连的。诗人在这里，把皎洁的明月比作悬挂在天际的飞天明镜，想象丰富而奇特且恰到好处，并以"丹阙""绿烟"作为陪衬，把月光描绘得妩媚动人，光彩夺目。

不仅如此，诗人还形象生动地描绘了明月夜出晓没的情景。"但见宵从海上来，宁知晓向云间没。"明亮皎洁的明月在夜间从东海升起，拂晓时分又渐渐隐没于西天云海之中，如此的循环出没，亘古不变。当然，这里诗人不是简单地介绍和描绘明月出没的情况，而是运用了拟人的手法，赋予明月以灵性，使得诗作更加生动，明月更加迷人。而且，诗人也通过明月的夜出晓没表现了岁月的流逝。

可见，诗人新颖巧妙的手法，浪漫飘逸的笔触，使得诗作充满想象的空间。接下来，诗人在景致描写的基础上还穿插了浪漫传奇的神话传说。"白兔捣药秋复春，嫦娥孤栖与谁邻？"诗人仰天望月，驰骋想象，就月中白兔及嫦娥发出提问：秋去春来，月中白兔年复一年不辞劳苦地在那里捣药，为的是什么呢？夜夜独处的嫦娥，又有谁可以做伴呢？其中，"白兔捣药"是个神话传说。西晋傅玄《拟天问》中有言："月中何有，白兔捣药。"而嫦娥，传说是后羿的妻子，她偷吃了后羿的仙药，成为仙人，奔入月中。这里，诗人对神物白兔、仙女嫦娥的孤寂落寞深表同情。当然，这与诗人本人的遭际也密切相关。

唐玄宗天宝三年（公元 744 年），诗人李白因不屑阿谀奉承权贵，被排挤出京。此后，李白在江淮一带盘桓，郁郁寡欢，心情极度烦闷。在这样的背景氛围下，诗人醉酒望月，浮想联翩，自然而然地想到了神话传说中的白兔和嫦娥，他们被拘囿于月宫之中，夜夜独处，与寂寞相伴，这与诗人孤苦高洁的情怀相互契合。于是，诗人驰骋想象，运用浪漫传奇的笔法对人生的短暂、孤寂表示慨叹。

而“今人不见古时月，今月曾经照古人”则以回环咏叹的方式抒发了诗人对人生有限而宇宙无穷的感叹。明月亘古如初，而世人代代更替，可贵的生命转瞬即逝，只见今时人不见古时月，这一切都不免令人感到哀叹和失落。这虽是人类无法改变的自然规律，不过就算人是一棵苇草也是一棵有思想的苇草，面对稍纵即逝的时光，孤寂的日子，正确的做法应该是珍惜时光，把握现在，及时行乐。

也正是因为这样，诗人在结尾四句“古人今人若流水，共看明月皆如此。唯愿当歌对酒时，月光长照金樽里”，以对宇宙和人生的思索和感慨，展现了一种旷达自适的宽广胸怀。这也是诗人浪漫主义情怀的伟大之处，诗人官场上的失意和落寞不得志，在这一刻都释怀了，放下了。虽然诗人仍旧具有济世求仕之心，希望“济苍生”“安黎元”，但是天性豁达洒脱的李白并没有沉陷于一时一刻的挫败和失意，而是着眼于珍惜眼前这美好的时光。

就这样，诗人以饱满热烈的情感，丰富奇妙的想象和唯美细致的描述，多侧面、多层次地描绘了清高孤傲的明月形象，并将明月和人生反复对照，在时间和空间的双重感受中，表达了诗人对宇宙和人生哲理的深层思索，可以说极富艺术感染力和浪漫气息。当然，这也有力地展示了诗人浪漫主义的风采。诗人这首诗作绝妙的自我造像，飘逸浪漫的神韵唯“谪仙”方能有之。

月下独酌

花间一壶酒，独酌无相亲。
举杯邀明月，对影成三人。
月既不解饮，影徒随我身。
暂伴月将影，行乐须及春。
我歌月徘徊，我舞影零乱。
醒时同交欢，醉后各分散。
永结无情游，相期邈云汉。

全诗大意如下：“我准备一壶美酒摆在花丛之间，可却只能自斟自酌没有亲近的人。举起酒杯盛情邀请媚人的明月共饮，低头窥见自己的影子，此时明月、我与影子恰恰合成三人。月亮哪里了解饮酒的乐趣，影子只是徒然跟随着我这个孤身。就暂且伴随着月亮和自己的影子，趁着这美好的春光，及时行乐吧。我唱歌，明月随着我来回移动；我跳舞，影子因起舞而变得纷乱。清醒之时，我们一同寻欢作乐，醉了之后难免要各自离散。月亮，我希望能够和你结为朋友，相约在高远的银河岸边再见。”

可以说，这是诗人精心描绘出来的一幅唯美而又孤寂的图景。在这幅图景中，只有明月、影子和自己，但就在这三种物像之上，诗人在似幻似真之间却描绘了一个三人同饮同醉、意气相投的画面，可谓想象丰富，浪漫传奇。

事实上，诗人的这首《月下独酌》在描写明月、影子和自己“三人”的同时也反映了诗人在政治上的孤独和郁愤。不过，从诗作的字里行间，我们虽然能够感受到诗人那种无人亲近的落寞孤寂，但诗人的洒脱和豪迈，却极大地冲淡了这一悲怆的情调，显示出诗人洒脱不羁、旷达自适的宽广胸怀，张扬了一位浪漫主义诗人独有的风采。

下面，就让我们一起走近诗人的这首《月下独酌》，细细体味诗作字里行间流露出来的浪漫主义神采。

“花间一壶酒，独酌无相亲。”诗作的前两句诗人以酒开篇，描绘了他此时饮酒的情状。此时，酷爱饮酒的诗人孤身一人，在花丛之中小酌，其中诗人内心的孤寂和落寞可见一斑。众所周知，诗人李白嗜酒，常常与“饮徒醉于酒肆”，可这时，诗人被逐出长安，独自一人，饮酒也已无他人相伴。

诚然，此时此刻诗人的内心落寞孤寂，无限苦闷。毕竟饮酒之事，有了志同道合的人相伴，才有饮酒的乐趣，才能调动饮酒的雅兴。否则，饮酒就变成了一件十分纠结烦闷的事。正如诗人在《山中与幽人对酌》中道：“两人对酌山花开，一杯一杯复一杯。”可是，诗人眼下的状况却无人做伴，只能自己独饮。

但是，诗人毕竟是一个独具浪漫情怀、积极洒脱的人，他天生不服输、不怕败，此时此刻诗人依旧如此，于是诗人提起精神，驰骋想象，举杯邀月，与之共饮。“举杯邀明月，对影成三人。”诗人此时自我开怀，疏解心情，面对眼前的落寞孤寂，诗人把目光放在了悬挂在天际的“飞天明镜”上，他从落落寡合的“无相亲”转而变成了畅饮的“成三人”，在一举手一投足之间由苦闷和惆怅转而变为谈笑风生的畅饮。这是何其的潇洒，何其的自在，这简直就是活脱脱的“谪仙”形象。诗人李白的洒脱、旷达和自适也在此尽数显现。

其实，这才是真正的李白，是那个生活在自己的精神世界里的纯粹的、浪漫的、不食人间烟火的“诗仙”李白。而在当时，恐怕也只有李白才能作出如此想落天外，令人震惊的诗句，恐怕也只有李白才能做出如此令人匪夷所思的举动，才能在孤寂烦闷的时刻写出如此飘逸洒脱的诗句，这浪漫不羁的诗情令人可望而不可即。

可是，此时诗人也十分明白，月亮本是无情物，又怎能解人意。“月既不解饮，影徒随我身。”诗人此时此刻虽然暂时邀月共饮，以抒胸怀，但是终归是孤独寂寞，无人陪伴。这是诗人真实情感的描绘，也描绘出诗人亦醉亦醒的状态。可是，酒到酣处，诗人追求自由和理想的积极精神和浪漫情怀又重新占据了他的身心。再多的苦闷也于事无补，再多的忧愁也是徒增烦恼。

“暂伴月将影，行乐须及春。”这时，诗人从明月和影子上阐发议论，指出不如把所有的孤寂烦忧都先抛之一边，及时行乐，尽情享受这月光和美景。无疑，这两句充分显示了浪漫主义诗人李白放浪形骸、狂放不羁的性格。诗人以浪漫主义情怀化解了眼下的孤寂落寞。

就这样，诗人在月亮、影子的陪伴下，纵情饮酒，又一次把孤寂落寞甩在了身后。“我歌月裴徊，我舞影零乱。醒时同交欢，醉后各分散。”此时此刻，天上的月亮成为诗人的知己好友，诗人对月歌唱，起舞弄姿，而月亮徘徊移动，影子也陪着自己跳起舞来，舞兴浓时，影子变得纷乱。显然，这种酣畅纵酒、尽情玩乐的状态把诗人的旷达和豪迈性情最大可能地展现了出来。这时诗人已然没有了无人陪伴的寂寥落寞，他完全沉醉在一个欢畅热闹的世界里。当然，这一切都是诗人的自我疏解，是诗人浪漫主义情怀的展现。丰富奇妙的想象和旷达豪迈的性格成就了诗人浪漫洒脱的诗作风格。

“醒时同交欢，醉后各分散。”诗人醉倒之后，醉眼蒙眬，月光也看不见了。于是，诗人又躺在花丛之中，而之前与自己一起跳舞的明月、影子也不得不倏然远去。在这里，诗人运用了拟人化的浪漫主义手法展开描绘，将明月、影子写得极有人情味，仿佛它们真的是诗人的至交酒友，酒醉之后才不得不离开。

最后，诗人在酒酣尽兴之时，还高呼“永结无情游，相期邈云汉”。这时，诗人希望能够和天上的明月结为好友，相约在高远的银河岸边再会。这是多么大胆的想象和描绘啊，月亮和影子本来是没有知觉情感的事物，可是诗人却要与之结为好友，并且还希望能够到神奇的天界相聚。

可见，诗人对明月寄予了深切的希望，对眼下自己的处境深感孤寂。但即使是如此，诗人也不愿意与污浊的社会同流合污，不愿为权贵而摧眉折腰，此时他选择了一种更加超脱的方式来化解自己的孤寂，那就是更加坚定地追求自己的理想，崇尚自由，保持自身心灵的高洁。

梦游天姥吟留别

海客谈瀛洲，烟涛微茫信难求。

越人语天姥，云霓明灭或可睹。

天姥连天向天横，势拔五岳掩赤城。

天台四万八千丈，对此欲倒东南倾。

我欲因之梦吴越，一夜飞度镜湖月。

湖月照我影，送我至剡溪。

谢公宿处今尚在，渌水荡漾清猿啼。

脚著谢公屐，身登青云梯。

半壁见海日，空中闻天鸡。

千岩万转路不定，迷花倚石忽已暝。

熊咆龙吟殷岩泉，栗深林兮惊层巅。

云青青兮欲雨，水澹澹兮生烟。

列缺霹雳，丘峦崩摧。

洞天石扇，訇然中开。

青冥浩荡不见底，日月照耀金银台。

霓为衣兮风为马，云之君兮纷纷而来下。

虎鼓瑟兮鸾回车，仙之人兮列如麻。

忽魂悸以魄动，恍惊起而长嗟。

惟觉时之枕席，失向来之烟霞。

世间行乐亦如此，古来万事东流水。

别君去兮何时还，且放白鹿青崖间，须行即骑访名山。

安能摧眉折腰事权贵，使我不得开心颜。

全诗大意如下：“海外来的客人谈起瀛洲，大海烟波渺茫，实在是难以寻找。绍兴一带的人谈起天姥山，说是在云雾忽明忽暗中有时还能看见。天姥山高耸入云连着天际，盖住天空，山势高峻超过五岳，遮掩过赤城。天台山高约四万八千丈，可是对着天姥山，天台山就好像是要拜倒在它的东南方一样。”

“我依据越人说的话梦游到了绍兴，一夜的时间就飞渡过了明月映照的镜湖。镜湖上的月光照着我的影子，一直送我到剡溪。谢灵运居住的地方如今还在，这里清澈的湖水荡漾，猿猴凄清啼叫。脚上穿着谢灵运当年特制的木鞋，攀登直上云霄的山路。上到半山腰就看见了从海上升起的太阳，空中传来天鸡的叫声。山路盘旋崎岖方向难定，加上迷恋花木，依靠着石头，不觉天色就已经晚了。熊在咆哮，龙在长吟，岩石中的泉水在震响，这些使得森林战栗，山峰惊颤。云层黑沉沉的像是要下雨，水波动荡生起了烟雾。电光闪闪雷鸣轰轰，山峰好像要崩塌一样。仙府的石门，“訇”的一声从中间打开。天空广阔远大得看不见底，日月照耀着金银做的宫阙。而且这里用彩虹做衣裳，将风当作马，云中的神仙纷纷都下来了。老虎弹琴，鸾鸟拉车，仙人们排成列，多如密麻。忽然惊魂动魄，恍然惊醒，起来长长地叹息。醒来时只见身边的枕席，刚才所梦见的烟雾云霞都消失不见了。”

“其实，人世间的欢乐也是如此，自古以来万事都像东流的水一样一去不复返。与君分别何时才能回来，暂且把白鹿放牧在青崖间，等到出行时就骑上它访遍名山大川。我岂能卑躬屈膝去侍奉权贵，使我心中郁郁寡欢，不能有舒心畅快的笑颜！”

这首诗作是诗人李白政治理想破灭之后发出的呼声，尤其是“安能摧眉折腰事权贵”更是李白直抒胸臆的诗句和一生的写照。事实上，李白一直有济世的抱负，但是由于无法实现经由科举而进入仕途的理想，于是想由布衣直接一跃为卿相。也正是因为这样，诗人李白漫游各地，结交名流，广造声誉。可是，诗人李白的“布衣卿相”终究还是一场梦，在得到唐玄宗短暂的赏识之后，就因得罪权贵，被“赐金放还”，离开长安。

就这样，诗人李白离开长安后，继续游历各地，而在南下会稽（今浙江绍兴）之前，也就是离开长安的第二年，诗人创作了这首诗作，留给东鲁（今山东）的朋友作别。

在这首诗作中，诗人主要描绘了自己的一段梦境，可以说这是一首记梦诗作。诗人在梦中游历仙府名山，文笔流丽、内容曲折、形象生动、意境雄伟，极富浪漫主义色彩。

而且，在虚无缥缈的梦境之中，诗人寄寓生活现实于梦境之中，鲜明地表达了自己的志向和精神追求，不能“摧眉折腰事权贵”。

下面，我们就一起走近这首浪漫主义伟大诗作，体味诗人蕴藏在其中的浓郁的浪漫主义情怀。

总体上，诗人的这首记梦诗大致可以分为三部分。从“海客谈瀛洲”到“对此欲倒东南倾”是诗作的第一部分，这里诗人主要阐述入梦的缘由。根据我国古代传说，东海上有五座仙山，其中一座叫瀛洲，诗人这里描写的正是瀛洲。“海客谈瀛洲，烟涛微茫信难求。越人语天姥，云霓明灭或可睹。”诗人一开篇首先介绍了瀛洲的苍茫邈远，天姥山的时隐时现，使得诗作一开篇就带有神秘传奇的色彩。

接着，“天姥连天向天横，势拔五岳掩赤城。天台四万八千丈，对此欲倒东南倾”。诗人以丰富的想象和极致的夸张手法描写了天姥山的高大雄伟。这里，诗人拿天姥山与天相比，可谓遮天蔽日，而后又与其他的山峰相比，也是居高临下之态，五岳、赤城皆不如。

同时，诗人还以天姥山东南方的天台之高来烘托天姥山的高峻。其中“天姥连天向天横”“天台四万八千丈”，都采用了极致夸张的浪漫主义手法，描写天姥山之高，并且极大地调动起了读者的想象，让读者一起跟着诗人天马行空的描述进入梦幻的世界。

从“我欲因之梦吴越”到“失向来之烟霞”是诗作的第

二部分，这里诗人进入梦境，是全诗重点描述的部分，也是诗作中最具有浪漫主义色彩的部分。这一部分，诗人以虚无缥缈的笔触，对梦境展开描述，想象力丰富，非常夸张，堪称把浪漫主义演绎到了极致。

“我欲因之梦吴越，一夜飞度镜湖月。湖月照我影，送我至剡溪。谢公宿处今尚在，渌水荡漾清猿啼。”诗人梦见自己乘着月光飞过镜湖，又到剡溪，看到谢灵运昔日居住的地方。这里，诗人以轻盈的身姿穿梭时空的维度，跨越山水，逐步展开了虚幻的梦境。

“脚著谢公屐，身登青云梯。半壁见海日，空中闻天鸡。”其中，“谢公屐”是指谢灵运特制的一种适用于登山的木鞋；“天鸡”是古代传说中的一种神鸡，每当太阳初升，神鸡一叫，天下的鸡就都跟着叫起来了。这里，诗人从飞渡镜湖到登上天姥山山顶，展开了丰富的想象，描述了一系列虚幻传奇的事物，梦幻色彩越发浓重。

接着，“千岩万转路不定，迷花倚石忽已暝。熊咆龙吟殷岩泉，栗深林兮惊层巅。云青青兮欲雨，水澹澹兮生烟”。在这里，诗人开始正面描写一个光怪陆离的神仙世界。千回百转的山石之间，道路弯曲方向难定，而且天色昏暗，熊哮龙吟，浓云欲雨，水雾生烟。这里的一切都充满了玄妙的神秘气息，置身其中，让人心生恐惧。

而这时“列缺霹雳，丘峦崩摧。洞天石扇，訇然中开。青冥浩荡不见底，日月照耀金银台”。电闪雷鸣，石门“訇”

的一声打开，一望无边的天空中，显现出金银楼阁，这时一种别样的仙界风景展现在诗人眼前，为神仙的神奇出场做好了准备和铺垫。

就这样，“霓为衣兮风为马，云之君兮纷纷而来下。虎鼓瑟兮鸾回车，仙之人兮列如麻”。仙人纷纷出现，华服神骑，巨兽在侧，诗人的梦境写到这里，可谓达到了高潮。在这里，诗人天马行空的想象，对梦境、仙界都进行了大胆夸张的描述，这充分显示了一个浪漫主义诗人的才情和功力。

从“世间行乐亦如此”到结尾，是诗作的最后一部分。这里，诗人由梦境转入现实，揭示了全诗的主旨。诗人李白告诉留在东鲁（今山东）的朋友，自己为什么到天姥山访仙问道。“世间行乐亦如此，古来万事东流水。别君去兮何时还，且放白鹿青崖间，须行即骑访名山。安能摧眉折腰事权贵，使我不得开心颜。”

这短短的几句诗中，饱含了诗人强烈的情感和令人敬佩的人生态度。在诗人李白看来，世间行乐之事正如这场梦游一样，终究成空，于是诗人超然脱俗，愿骑白鹿游历名山大川，无论如何也不会屈侍权贵，与权贵同流合污，为五斗米折腰。也正是因为这样，诗人远离官场，独善其身，坚决不向权贵妥协。其中，“安能摧眉折腰事权贵，使我不得开心颜”，诗人以热情奔放的语言，直抒胸臆，感情强烈而真挚，充分显示出了诗人无愧于心的大丈夫气概。

总之，诗人的这首诗作充分展示了诗人卓越的才情和浪漫的情怀，李白作为中国诗歌史上杰出的浪漫主义诗人，其丰富的想象和大胆的夸张，可谓运用得炉火纯青。

而且，其在世俗之中流露出来的特立独行的作风，豪迈洒脱的性格，也让人们钦佩不已。诗人李白以一种浪漫的情怀蔑视权贵，笑游九州，何尝不是一种伟大。

将进酒

君不见黄河之水天上来，奔流到海不复回。
君不见高堂明镜悲白发，朝如青丝暮成雪。
人生得意须尽欢，莫使金樽空对月。
天生我材必有用，千金散尽还复来。
烹羊宰牛且为乐，会须一饮三百杯。
岑夫子，丹丘生，将进酒，杯莫停。
与君歌一曲，请君为我倾耳听。
钟鼓馔玉不足贵，但愿长醉不复醒。
古来圣贤皆寂寞，惟有饮者留其名。
陈王昔时宴平乐，斗酒十千恣欢谑。
主人何为言少钱，径须沽取对君酌。
五花马，千金裘，呼儿将出换美酒，与尔同销万古愁。

全诗大意如下："你没有看见吗？那黄河之水从天上奔腾而来，波涛翻滚着直奔东海，再也不返回。你没有看见吗？高大厅堂上对着明镜感叹自己的白发，早晨的时候还是黑发，晚上就变成白发了。人生得意之时就应当纵情欢乐，不要让酒杯空对明月。每个人生下来就必定有其价值和用处，千两黄金一挥而尽也能够再回来。我们烹羊宰牛姑且作乐，一次性痛饮三百杯也不算多。岑夫子和丹丘生啊，快喝吧，不要停下来。让我为你们高歌一曲，请你们都来侧耳倾听。整天山珍海味、宴客奏乐的生活有什么珍贵，真希望能够长醉不愿清醒。而且自古以来，圣贤大都是寂寞的，只有那会喝酒的人才能美名流传。你可知道，陈王曹植当年设宴于平乐观，斗酒十千也豪饮，宾主尽情欢乐。主人啊，你为何说我的钱不多？只管买酒让我们一起痛饮。什么名贵的五花良马，昂贵的千金狐裘，快叫你的儿子拿出去换来美酒，让我们共同消解这无穷无尽的万古忧愁。"

这首诗作创作之时，诗人李白已经被唐玄宗"赐金放还"长达八年之久，诗人的政治理想已经彻底破灭。可是，官场上的失意却一直笼罩在诗人的心中，让诗人备感苦闷，而这时正值李白与友人岑勋应邀到嵩山（今河南登封市境内）元丹丘家里做客。人生一大快事莫过于置酒会友，尤其是对于心中落寞的诗人李白来说更是如此。于是三人登高宴饮，而诗人李白则借酒放歌，大发诗情，来了一次淋漓尽致的抒发。

在这里，诗人借酒浇愁，抒发了自己的愤懑情绪，形象深刻地表现了诗人在政治失意之后越发桀骜不驯的性格。而且，诗作中情感强烈奔放，想象丰富，洒脱豪迈，夸张极致，具有浓郁的浪漫主义色彩。也正是在这首诗作中，人们形象而直接地感受到了“诗仙”李白的风采。诗人酒入愁肠却化作冲天豪情，以昂扬的情绪蔑视一切尘俗，激情澎湃，不可阻挡。

下面，我们就来一起走近这首激情荡漾的浪漫主义诗作《将进酒》，品味一下其中流露出的浪漫主义风采。

“君不见黄河之水天上来，奔流到海不复回。君不见高堂明镜悲白发，朝如青丝暮成雪。”诗人一开篇便以非凡而宏大的两个排比句，描绘黄河之情状，人生之无常。其中，对于黄河的描写可谓独出机杼，由于黄河发源于青海省巴颜喀拉山脉，海拔落差极大，从下而上来看，犹如从天而降，一泻千里，东入大海。显然，这里诗人的描述就充分发挥了想象，运用了极致夸张的浪漫主义手法，把黄河奔泻之势描写得雄伟壮阔。

而“朝如青丝暮成雪”一句诗人同样采取了极致的夸张手法来悲叹人生短促。人生由“青丝”变“白发”，原本并不是一个十分短暂的过程，可是诗人却把这一过程投放在一日之内完成，朝夕之间即走完了由青春到衰老的整个过程，无疑把夸张运用到了极致。同时，诗人将两个排比句放在一起，又反衬出了生命的渺小和脆弱。

然而，诗人李白毕竟不是一个一味消极悲观的人。接着，诗人以豁达豪迈的胸怀继续咏叹，“人生得意须尽欢，莫使金樽空对月。天生我材必有用，千金散尽还复来。烹羊宰牛且为乐，会须一饮三百杯。岑夫子，丹丘生，将进酒，杯莫停。与君歌一曲，请君为我倾耳听”。这里，诗作表现了诗人饮酒作乐的豪情，表现了诗人乐观自信、放纵不羁的性格，千百年来激励了无数命运多舛、壮志难酬之士。

当然，在这段描述中，诗人也运用了夸张的浪漫主义手法，比如数字“千金”“三百杯”的使用，让人读来畅意抒怀，豪气冲天，激励人心，也使得诗作具有气势和力量。而且，诗人通过这样豪迈的浪漫主义手法，使得诗人与友人之间酣畅淋漓的饮酒作乐之景跃然纸上。

显然，此时诗人已经由悲转为乐，转为及时行乐的豪迈气概。不过，诗人此时的情绪也是极其复杂的，酒酣之后，诗人又转为狂放、激愤。“钟鼓馔玉不足贵，但愿长醉不复醒。”无疑，诗人已经酒后吐真言了，诗人本以为自己可以“布衣卿相”，扶摇直上，可是却好景不长，被“赐金放还”。虽然诗人言道“钟鼓馔玉不足贵”，可实际上却是愤慨之言。

然而，诗人的激愤之言又转变成为狂放，所谓“古来圣贤皆寂寞，惟有饮者留其名。陈王昔时宴平乐，斗酒十千恣欢谑”。在这里，诗人串联古今，展开丰富的想象，借古人酒杯浇自己心中块垒。陈王曹植备受曹丕、曹睿两朝的猜忌而无法施展抱负，这种怀才不遇的遭际令曹植转而狂放，表达了应当豪饮的快意。而其中“斗酒十千”则是诗人以夸张的手法体现曹植饮宴时的排场，表现诗人同曹植一样豪壮的胸怀和借酒抒怀的状态。

最后，在这样的状态下，诗人可谓愈来愈狂。“主人何为言少钱，径须沽取对君酌。五花马，千金裘，呼儿将出换美酒，与尔同销万古愁。”诗人宁愿千金散尽，甚至不惜变卖名贵宝物“五花马”“千金裘”也要换取美酒，一醉方休，“与尔同销万古愁”。这样的结尾依然豪迈雄壮，甚至忘记了酒筵之上的宾主身份，颐指气使地让主人典裘当马换美酒。显然，诗人已经完全沉醉在纵饮作乐的世界里，任由豪迈狂纵的情感奔泻。

“痛饮狂歌空度日，飞扬跋扈为谁雄。”此时诗人的状态正如杜甫在《赠李白》中所言。诗人在诗作中尽情挥洒着自己的豪气，加上强烈奔放的语言和丰富的想象、极致的夸张结合在一起，使得诗作跌宕起伏，立意深远，浪漫主义色彩极其浓厚。

秋浦歌

其十二

水如一匹练，此地即平天。
耐可乘明月，看花上酒船。

其十五

白发三千丈，缘愁似个长。
不知明镜里，何处得秋霜。

其十二大意如下：“江水如一匹静静的白练，此地之水即是平天湖。何不乘此舟直升云天一览明月，一边观赏两岸的鲜花，一边在舱中饮酒。”

其十五大意如下：“我头上的白发长达三千丈，这是因为忧愁才长得这样长。不知在明镜之中，是何处的秋霜落在了我的头上。”

《秋浦歌》十七首是诗人李白的组诗。在这组诗作里，诗人以丰富的想象和深厚的情感，从不同角度咏歌了秋浦的山川景物和民俗风情，表达了自己的心境。其中，流传最广，最能体现诗人浪漫主义诗作风格的是第十二首和第十五首。

《水如一匹练》是《秋浦歌》的第十二首。在这首诗作中，诗人以丰富而奇妙的想象描绘了平天湖的夜景并抒发了诗人观赏夜景时的感受。

“水如一匹练，此地即平天。”这是诗人李白对平天湖的生动描写。平天湖位于安徽省池州市城区，它犹如一位静静的少女守护着城池，水域面积为 11 平方千米，是杭州西湖的 1.5 倍，绿水青山，烟波浩渺。诗人看到浩渺的平天湖，不禁觉得它犹如一匹白绢，质地精美，引人入胜。

接着，“耐可乘明月，看花上酒船”。这里诗人望着秀美的平天湖，展开了丰富的浪漫主义想象，任由自己的浪漫主义情怀驰骋纵横。何不乘舟直升云天一览明月，一边观赏两岸的鲜花，一边在舱中饮酒。这是多么令人心驰神往，轻松惬意。在这样的美景之中，诗人热烈的情感、丰富的想象和唯美的诗情倾泻而出，使得诗作表现出来浓郁的浪漫主义气息，让人对平天湖的美景充满无限想象。

而《白发三千丈》是《秋浦歌》的第十五首。在这首诗作中，诗人表达了自己深沉的忧愁激愤之情。

从时间上来看，这组诗创作于唐玄宗天宝十三年（公元 754 年）诗人李白第二次游秋浦期间。当初，诗人李白因不屑于攀附权贵，受人陷害而被玄宗“赐金放还”，逐出长安，如今已经长达十年之久。在这十年的时间里，李白云游天下，足迹遍布南北，其中不乏快意欢畅，但也有悲愤愁苦。这里，诗人重游秋浦的时候则或多或少地表现了一种愁苦情绪。此时，朝中安禄山势力日渐壮大，唐王朝的危机即将到来。

也正是因为这样，诗人在诗作中流露出了一种浓郁的忧愁。这个时候，唐王朝政治腐败，地方势力割据，封建统治集团内部矛盾重重，一场争权夺利的战争即将爆发。可是，此时诗人李白已经五十多岁了，理想不能实现，反而还受到压抑和排挤，这种处境使得诗人痛心疾首、悲愤交加。

而《白发三千丈》就是一首表达诗人情绪的抒愤诗。这里，诗人以热烈奔放的情感，浪漫主义的艺术手法，塑造了一个忧国忧民的“自我”形象。而且，诗作的字里行间把积郁在诗人心底的怨愤和抑郁全都宣泄了出来，洋溢着诗人浓烈的情感，无形中给人一种强烈的艺术震撼感。

“白发三千丈，缘愁似个长。”诗作的前两句，先声夺人，以劈空而来的气势，映入眼帘，令人惊诧。诗人李白在《与韩荆州书》中曾写道：“虽长不满七尺，而心雄万夫。”

对于一个七尺男儿来说，要拥有三千丈的头发也是根本不可能的。然而，诗人在这里对“自我”的描绘却是“白发三千丈”。在这里诗人运用了极致的夸张手法，将白发的长度无限地放大。“缘愁似个长”，诗人之所以如此描绘，是因为诗人要借此极力表现自己此时此刻的忧国愁绪，展现自己垂垂老矣却极力想要报国的心志。

其实，在诗词中运用夸张的浪漫主义手法描写愁绪的诗人有很多。因此，对于诗人李白的这种巧妙而独到的夸张手法，人们不但不会因“三千丈”的无理而责怪于诗人，相反还会由衷地赞赏这出乎常理而入乎其心的妙句，而且还会因诗人的忧国之情、忧愁之心而感动不已。

因此，从这两句诗中，我们能够感受到李白这位伟大的浪漫主义诗人对夸张艺术的驾驭功力。对于李白来说，他把夸张艺术运用得出神入化。其大胆出奇的夸张手法，极大地增强了诗歌的感染力，显示出诗人炽热的情感和远大的抱负。

接着，“不知明镜里，何处得秋霜”。诗人继续抒发自己的忧愁情绪，其中以“秋霜”代指白发。这时，诗人看着眼前的情景不由得浮想联翩，追忆往昔，对自己的生活感叹不已。诗人照着清亮的铜镜，看到自己满头白发，简直无法想象自己的头发到底是怎么变得这么白的，它就好像是染上了秋霜，一下子就变白了。

诗句中一个“得”字直抒诗人半生所受的排挤和压抑，诗人郁郁而不得志，而愁生白发，鬓染秋霜。可见，诗人这里写出这样的诗句完全是一种激愤之语，一种对残酷现实生活的无奈和控诉。李白富有雄才大略，具备“奋其智能，愿为辅弼”的雄心，怀有“使寰区大定，海县清一”的理想，却屡遭挫折，抱负始终未能实现，这对诗人来说是一种极大的伤害。

而且，在创作这首诗作时，诗人已经五十多岁了，壮志未酬人先老，怎能不令人痛心疾首，备感愁苦！因此，诗人揽镜自照，触目惊心，发出“白发三千丈”的孤吟，而一句“何处得秋霜”也表露出诗人对现实社会的强烈不满，对唐王朝权贵的控诉。因此，诗作的最后两句不由得让人们对诗人李白坎坷的一生展开无限的想象，对诗人的怀才不遇有了更为深刻的认知。

总之，诗人李白的这首诗作以浪漫主义的手法，使后人能够识其悲愤，而其大胆奇妙的夸张手法的运用，更使这首诗作成为其浪漫主义诗歌作品中的代表作。其中，有形的白发被无形的愁绪所替换，白发因愁而生，因愁而长，诗人愁肠百结而难以自解的苦衷，令人深有感触。

早发白帝城

朝辞白帝彩云间，千里江陵一日还。

两岸猿声啼不住，轻舟已过万重山。

全诗大意如下：“清晨辞别了五彩云霞映照中的白帝城(今四川奉节县东白帝山上)，一天的时间就回到了千里之外的江陵（今湖北荆州）。途中，只听见两岸山间猿猴的啼叫声连续不断，而猿猴的声音还回荡在耳边时，轻快的船就已经驶过重重叠叠的高山峻岭了。”

这首诗作是诗人李白在流放途中遇赦返回时所作。唐肃宗乾元二年（公元759年），李白在流放夜郎（今贵州桐梓县一带）途中被赦免。此时，诗人李白已经行至白帝城，忽然收到被赦免的消息，惊喜万分，无比兴奋，立即从白帝城乘舟返回江陵，于是在途中创作了这首《早发白帝城》，也正是因为这样，这首诗作又称《下江陵》。

在这首诗作中，诗人李白把被赦免的喜悦和兴奋描写得淋漓尽致。这里，诗人运用了丰富的想象和极致的夸张等浪漫主义手法，把遇赦后的心情和江山的壮丽雄伟，顺水行舟的流畅融为一体，整首诗写得流利飘逸，出尘脱俗，浑然天成，充满浓郁的浪漫主义色彩。

下面，我们就一起走近诗人的这首《早发白帝城》，一起品味诗人蕴藏在字里行间的浪漫主义精神。

“朝辞白帝彩云间，千里江陵一日还。”诗作的前两句以热情奔放的语言描绘了诗人从白帝城乘舟返回江陵的情况。其中，丰富的想象和极致的夸张手法的运用，使得诗作充满浪漫主义神采，诗人遇赦后的兴奋和喜悦之情也跃然纸上。

白帝城位于地势高峻的山上，从江上回望自然会使白帝城显得更加高峻。接着，“彩云间”一词的运用无疑是诗人想象及夸张的结果。在诗人看来，此时的白帝城云霞映照，高耸入云。于是，诗人以极致的夸张描写了白帝城的高峻，也有力地体现了长江上下游巨大的海拔落差。也正是因为这样，诗人从上游的白帝城返回下游的江陵才会如此的迅捷。

不过，“千里江陵一日还”仍旧采用了夸张的浪漫主义手法。其中“千里江陵”是用整数代指白帝城与江陵间的距离。千里之行，一日抵达，如此快的速度显然不是真实的描述。诗人这里以极致的夸张手法，描绘了所乘小舟的行船之快，表达了诗人归心似箭，遇赦后无比喜悦的心情。

接着“两岸猿声啼不住，轻舟已过万重山”。诗人行船的速度以及遇赦后喜悦的心情得到了更加形象生动的描绘。两岸高山，轻舟疾行，猿声不绝，重山已过，这一系列的描绘主要体现的是诗人喜悦、轻松的心情。

其中，“猿声”是指猿猴啼叫的声音，一般来说这种声音给人的感觉是悲戚、愁苦，然而这里诗人并非着眼于“猿声”而重点在于“不住”。长江三峡流域的猿猴大都是散居的，它们具有领地意识，猿猴啼叫很大程度是为了宣示主权。因此，猿啼之声一般是不会接二连三地响起的。而诗人在行船的过程中听到连续不断的猿啼声，可见这并非是一处一时的猿啼声。小舟顺流而下，一路飞驰，猿声接连不断，所以可见诗人行船的速度是极快的。

同时，诗人整体上采用了极致夸张的浪漫主义手法来描写行船之快、心情之好。猿啼之声犹在耳边的时候，小舟就已经穿过重重叠叠的高山峻岭了，这无疑是风驰电掣般的速度。显然，这是诗人富有想象力的夸张写法，从而极力地突显出诗人遇赦之后欣喜若狂，急欲到达江陵的心情。

另外，诗人兴奋欣喜的心情是贯穿诗作始终的。从始至终，诗人在诗作中都以热情奔放的语言进行描述，极尽浪漫主义夸张和想象之能事，重点突出行船之快，他甚至都来不及欣赏眼前的风景。虽然，江陵并不是诗人的家乡，但是此时诗人以五十九岁高龄被流放夜郎，孤身一人，其求归的心情可想而知。也正因如此，遇赦之后，诗人满心的欢喜，随即离开白帝城，轻舟返程。

总之，诗人李白的这首诗作，情感奔放，想象奇特，语言轻快，描写夸张，充分显示了伟大浪漫主义诗人的艺术风采，是一首不可多得的浪漫主义佳作。

与夏十二登岳阳楼

楼观岳阳尽，川迥洞庭开。

雁引愁心去，山衔好月来。

云间连下榻，天上接行杯。

醉后凉风起，吹人舞袖回。

全诗大意如下："登上岳阳楼，远望天岳山之南的岳州（今湖南岳阳），无边的景色尽收眼底。江水流向远方，洞庭湖面浩荡开阔，一望无际。大雁南飞，带走了忧愁苦闷之心；月出山口，好像是山峰衔来了团圆美好之月。在岳阳楼上住宿、饮酒，仿佛置身云间一般。醉后凉风四起，凉风习习吹人，衣袖翩翩飘舞。"

这首诗作是诗人李白流放遇赦后南游岳阳楼时所作。唐肃宗乾元二年（公元 759 年），诗人舟回江陵（今湖北荆州），南游岳阳，与好友夏十二登楼纵饮时写了这首诗。此时，诗人遇赦后南游，心情无比愉悦和舒畅，之前的烦闷愁怨之情也一扫而逝，面对岳阳无边的美景，诗人沉醉其中，遂以轻快酣畅的笔调描写了此次登岳阳楼的情状。

岳阳楼位于湖南省岳阳市古城西门城墙之上，下瞰洞庭湖，前望君山，自古有"洞庭天下水，岳阳天下楼"之美誉，与湖北武汉的黄鹤楼、江西南昌的滕王阁并称为"江南三大名楼"。千百年来，无数的文人墨客在此登览胜境，凭栏抒怀，并记之于文，咏之于诗，形之于画。而诗人李白也不例外，登上岳阳楼后，看到眼前的美景也是诗兴大发，心醉神迷。

"楼观岳阳尽，川迥洞庭开。"诗作的首联两句描写了诗人登高望远所见到的辽阔景象。这里，诗作中的"岳阳"是指天岳山之南一带。天岳山又称为幕阜山，在岳阳市西南。登上岳阳楼，远望天岳山南面一带，无边的景色尽收眼底，一览无余。

接着“川迴洞庭开”写道，江水流向苍茫的远方，洞庭湖面浩荡开阔，一望无际，诗人这一句具体展示了八百里洞庭烟波浩渺、无边无际的景象。其中，“川迴”是写辽远的长江。由于洞庭湖的北面与长江相连，所以人们在岳阳楼上，隔着那壮阔的湖水，依稀可见迷茫中的长江。而一个“开”字则绘声绘色、形象而生动地描绘了洞庭湖由远而近，豁然开阔之感，同时这种带有主动性的动作描写，显然也带有比拟的成分，使得诗作颇具浪漫主义色彩。

这是诗人从岳阳楼高处俯瞰周围的远景。所谓站得高望得远，诗作前两句的描绘可谓是意境阔大，遣词造句更是给人一种雄浑豪放的视觉感受，不禁使人联想到北宋著名文学家范仲淹在其《岳阳楼记》中描述的那样“衔远山，吞长江，浩浩汤汤，横无际涯；朝晖夕阴，气象万千”。

诗作的前两句是诗人登上岳阳楼俯瞰之所见，而诗作的颔联两句则描写了诗人仰观天空之所感。“雁引愁心去，山衔好月来。”鸿雁南飞，月升东山，这本是人们司空见惯的景象，但是诗人在这里却运用丰富的想象和拟人化的手法来进行描绘，可谓别出心裁，充满浓郁的浪漫主义色彩。

诗人李白这时刚刚被赦免不久，心情愉悦轻快，眼前的景物也显得有情有义，笔下的自然万物也都被赋予了鲜活的生命。这里，“雁引愁心去”以拟人化的表现手法描写了雁儿懂得人情，为诗人带走所有的忧愁。而且，月出山口，也好像是君山特意衔来团圆美好之月，为诗人的宴饮增添一抹喜庆和唯美的浪漫色彩。显然，这一切都表现了诗人轻松愉悦的心情，营造了一种浪漫的氛围。

其中，“君山”是八百里洞庭湖上的一个小岛，与岳阳楼遥遥相对。传说这座山浮于水上，其下有金堂数百间，玉女居之，四时闻金石丝竹之声。后因舜帝的两个妃子娥皇、女英葬于此，屈原在《九歌》中称之为湘君和湘夫人，故后人将此山改名为“君山”。

诗人这里以“君山衔月”表现月出山口，可谓想象新颖，一个“衔”字也使得意境全出，写得诡谲飘逸，诙谐风趣，充满了诗人美好的想象和浪漫主义情思。毕竟，这并不是诗人对眼前景物的实写，而是诗人在此时此景之下生发的主观感受。而这一感受写得可谓精彩传神。

再看颈联“云间连下榻，天上接行杯”，更是体现了诗人浪漫主义的神采。这两句诗极言岳阳楼之高耸入云，意在表现诗人在“云间”“下榻”，在“天上”“行杯”。显然，诗人对岳阳楼高峻之势的描写是极为精彩的。诗人发挥丰富的想象力，写出了恍若置身仙境的情景，意味深长。

这两句在突出岳阳楼高峻之势的同时，还运用了夸张的浪漫主义手法。云彩环绕着床榻，举杯的时候就和天一样高了。无疑，这里诗人夸张地形容了岳阳楼高耸入云之势，诗人在岳阳楼上与友人纵饮，却好像是在天上喝酒休息，可见岳阳楼是极高的。可事实上，岳阳楼主楼仅有三层，高不到二十米，这与诗人所描绘的高耸入云之势相差甚远，可见诗人是以极致夸张的浪漫主义手法描绘了一个醉眼蒙眬的虚幻之境。

当然，诗人丰富的想象和极致的夸张都极力地突显了他遇赦后的愉快心情，反映了诗人与友人饮酒作乐的热闹场景，而此时此刻诗人醉眼迷离，看着眼前无边的风景，仿佛置身于天上仙境一般，让人心醉神迷。

也正是因为如此，诗作的尾联“醉后凉风起，吹人舞袖回”描写了诗人李白酒醉之后翩翩起舞，习习凉风吹拂着诗人的衣袖。全诗完整地描绘出了清风明月下浩荡无边的洞庭夜景，通过奇妙的想象与极致的夸张等浪漫主义手法，以优美的意境描写，表达了诗人流放获赦以后的喜悦心情，显示了诗人浓郁的浪漫主义情怀。

独坐敬亭山

众鸟高飞尽，孤云独去闲。

相看两不厌，只有敬亭山。

全诗大意如下：“众多的鸟儿们高高地飞得无影无踪，

天上的孤云也独自悠闲地飘散。诗人和敬亭山互相不满足地看着对方，对于诗人来说，只有高大的敬亭山才能够理解他此时的寂寞。”

敬亭山在安徽省宣城市区北郊，原名昭亭山，晋初为避帝讳所以改名为敬亭山。诗人李白一生七游宣城，这首诗作是诗人于唐玄宗天宝十二年（公元 753 年）漫游至宣城时所创作的。

诗人李白被“赐金放还”逐出长安后，经历了长达十年的漫游，这时他对于当时社会政治的弊端也有了较为深刻的认识。在长期的漂泊生活中，清高孤傲的李白饱尝世态炎凉、人间疾苦，对现实生活越发地不满，孤寂之感也越发地浓重，但是天生桀骜倔强的性格使他没有放弃气节，摧眉折腰事权贵。不过，诗人内心的苦闷和孤寂却犹如秋日的寒风一样，时不时地袭上心头，生发阵阵凉意。

在这期间，诗人李白写了大量借漫游、饮酒来排遣苦闷的诗歌，也写了许多寄情山水、倾诉内心情感的诗篇，而《独坐敬亭山》就是其中之一。在这首诗作里，诗人把山水作为自己情感宣泄的聆听者，以浪漫主义的艺术手法深刻而形象地表现了自己在现实生活中的孤寂落寞之情，表达了自己唯有在大自然的怀抱中才能够得到理解和安慰，使自己疲惫的身心得以安歇，使自己的内心得到一时的安宁。

诗作的前两句“众鸟高飞尽，孤云独去闲”是诗人游览敬亭山的景色描写。天上的鸟儿们都高飞远去，消失得没有了踪迹；在辽阔的长空中飘浮着的孤云似乎也不愿意驻足停留，随风慢慢飘远消散，无迹可寻了。无疑，诗人描绘了一幅高远的图景。在这幅图景中，鸟飞尽，云散尽，寥廓的四方天地间似乎再也没有什么人或物可以与诗人为伴，和诗人互诉衷肠，显然这里诗人表面上在描绘景色，但实际上却是表现心境。

原本，“众鸟”可以让人们感到山中的幽静，群鸟空山啼鸣，也自有一番乐趣，可是诗人仰天远望，空阔的蓝天上，众鸟飞尽，再无他物，这不得不让诗人备感惆怅和孤寂。再看，天空之上，万里无云，天朗气清，本应神清气爽，但唯有那远处的孤云，也倏然散去，逐渐飘远，茫茫苍穹空无一物。这对于官场失意，落魄游历的诗人来说，简直是一种折磨，一种无言的打击和排挤。这些鸟儿和白云似乎都具有灵性，觉察到诗人的存在后都退避三舍，不愿与诗人为伴。

可见，这看似寻常的景色描绘，实际上暗含了诗人浪漫主义的写作手法。诗人赋予“众鸟”“孤云”以灵性，以生动形象的笔触描绘了眼前的孤寂萧索之景，从而有力地烘托出诗人此时内心的孤寂和落寞之情。由此，诗作的前两句看似平淡实则暗含着诗人强烈的情感。

接着，“相看两不厌，只有敬亭山”，结尾两句诗人更是直接地运用了浪漫主义的写作手法来表达情感，传递观念。经过诗人前两句的描述，留在诗人视野里的只有那伫立不动的敬亭山。这座空山静静地矗立着，任众鸟飞尽白云散尽也一动不动，与诗人遥遥相对。而诗人久久地凝望着幽静秀丽的敬亭山，也觉得敬亭山正含情脉脉地注视着自己。就这样，诗人李白和敬亭山互相凝视，没有言语上的交流，但是已然情意相通，“相看两不厌”了。

显然，此时此刻只有敬亭山与诗人为伴了，诗人对敬亭山也倾注了大量的感情，山和人的相依相伴之情油然而生。而且，诗人已然将敬亭山拟人化了，敬亭山已经成为他志同道合，可以互诉衷肠的至交好友。而“两不厌”也正表明了诗人和敬亭山之间感情上的投契。诗人在表情达意的时候运用了浪漫主义的描写手法，毕竟敬亭山无知无觉地一直矗立在那儿，不会为哪个人而存在，更不会成为某个人的知己。而在这里，诗人以比拟的浪漫主义手法切入，正是诗人对自我的宽慰和内心郁结的疏解。此时诗人孤寂的心急需一个陪伴的人，一个可以倾吐的对象，而放眼望去，也只有这不躲不避的敬亭山了。

同时，“只有”也并不意味着太少，而是一种“人生得一知己足矣”的骄傲和满足。尽管众鸟飞尽，白云飘散，但是诗人还有一知己始终不离不弃地陪伴在其身旁，这对诗人来说是极大的慰藉，也是对疲惫身心的一种抚慰。因此，诗人李白和敬亭山相互依偎在一起，互诉衷肠，互相取暖。

无疑，这首诗作让读者看到了诗人对大自然敏锐而强大的洞察力，他把自己的人生悲剧和孤独之情灌注于眼前的景物之中，使笔下的云、鸟、丘壑都具有了理想化的色彩，都具备了通达人心的灵性。这就是诗人赋予山水景致的独特的美，他常常按照自己的情感倾向和个性赋予万物以灵魂，从而描绘出一幅理想化的图景，把山水景色和自己特定的情绪交融在一起。也正是因为这样，李白的诗作大都具有浪漫主义神采，常常给人展现出一个非同寻常的世界。

在这首诗作里，诗人以奇特的想象和巧妙的构思，赋予山水景物以生命，把敬亭山拟人化，把自己内心的孤寂写得形象生动，浪漫出彩，而且还包含了诗人深沉的政治情怀和对现实的观感，无不显示了李白这位浪漫主义诗人的写作功力。

庐山谣寄卢侍御虚舟

我本楚狂人，凤歌笑孔丘。

手持绿玉杖，朝别黄鹤楼。

五岳寻仙不辞远，一生好入名山游。

庐山秀出南斗傍，屏风九叠云锦张。

影落明湖青黛光，金阙前开二峰长，银河倒挂三石梁。

香炉瀑布遥相望，回崖沓嶂凌苍苍。

翠影红霞映朝日，鸟飞不到吴天长。

登高壮观天地间，大江茫茫去不还。

黄云万里动风色，白波九道流雪山。

好为庐山谣，兴因庐山发。

闲窥石镜清我心，谢公行处苍苔没。

早服还丹无世情，琴心三叠道初成。

遥见仙人彩云里，手把芙蓉朝玉京。

先期汗漫九垓上，愿接卢敖游太清。

全诗大意如下：“我本像那个春秋时代楚国狂人陆通，高声唱着凤歌嘲笑孔丘。手里拿着一根镶着绿玉的竹杖，大清早离开著名的黄鹤楼。攀登五岳寻仙问道不怕路远，这一生就是喜欢登上名山游历。秀美的庐山挺拔而立在南斗星旁，九叠屏像锦绣云霞般铺张开来，湖光山影相互映照泛着青光。庐山石门前双峰矗立直插云端，瀑布如银河倒挂在三石梁。香炉峰与瀑布遥遥相望，重崖叠嶂耸入云霄更显苍茫。翠云红霞与朝阳相互辉映，连鸟儿也难以飞越高峻的庐山和那辽阔的天空。登高远望那天地间的壮观景象，长江滚滚东流永不回。天上的万里黄云变动着风色，九道河流波涛汹涌，浪花堆叠如山。我喜欢为雄伟的庐山歌唱，这兴致因为庐山的好风光而滋长。闲的时候观看石镜使心神清净，可谢灵运的足迹早就已经被青苔掩藏。我要早服仙丹去掉尘世之情，道家术语“琴心三叠”已经初步修炼完成。远远望见仙人正在彩云里，手里捧着芙蓉花朝拜玉京山。早已经约好神仙在九天会面，希望迎接卢敖一同遨游太清。”

这首诗作是李白晚年所作，创作于诗人流放夜郎（今贵州桐梓县一带）途中遇赦的次年，也就是唐肃宗上元元年（公元 760 年）。这时，诗人从江夏（今湖北武昌）往浔阳（今江西九江）游庐山时作了这首诗。可以说，诗人此次流放已经让他历尽磨难，但是天性倔强的李白不会轻易地向现实低头，但现实的残酷又让诗人无可奈何，于是他求仙问道的心情变得更加迫切了。也正是因为这样，诗人在诗作中流露出来浓郁的求仙问道的思想，他极力想摆脱世俗的羁绊，进入虚无缥缈的仙境。

当然，诗人此时也并非对现实完全绝望。诗人李白毕竟是一个积极进取、不肯认输的人，他对现实生活依然充满眷恋和不舍，他对于眼前美好的景物依然神往乃至迷醉。因此，诗人的内心也是极其复杂和矛盾的，而就在这样矛盾的情况下，诗人狂放不羁的性格以及充满浪漫主义神采的诗情得到了极大程度的彰显。

在这首诗作里，诗人一方面浓墨重彩地描绘了庐山秀丽雄伟的风景，一方面极力展现了诗人在政治理想破灭之后的精神状态，张扬了诗人的浪漫主义精神。

下面，我们就来一起看一下诗人在诗作中流露出来的浪漫主义神采和诗人豪放洒脱的性格特点。

“我本楚狂人，凤歌笑孔丘。”诗人在一开篇便以用典的方法直截了当地表达自己对当今社会政治的失望，对仕途挫败的开解，显示了诗人豁达自适的胸襟。据《论语·微子》记载，孔子曾去楚国游说楚王，而楚国人陆通则在车旁歌唱，嘲笑孔子迷恋做官。这里诗人李白以“楚狂人”自居，一旁“笑孔丘”，实际上则是在暗示自己此时想要像“楚狂人”那样游猎名山，去过一种隐居生活。

接着，“手持绿玉杖，朝别黄鹤楼。五岳寻仙不辞远，一生好入名山游”。诗人以充满神话色彩的笔触描述了此时游历庐山的行程：诗人拿着仙人所用的嵌有绿玉的手杖，在晨曦之中离开黄鹤楼。而之所以不辞辛苦地来到庐山，是因为本性喜欢登山游历，寻仙问道。其中，“绿玉杖”是镶有绿玉的杖，传为仙人所用。

显然，这里诗人把此次行程描写得浪漫而传奇，充满神秘气息，而“一生好入名山游”更是道出了诗人对名山大川的喜爱，以及洒脱豪放、寄情山水的精神特质。其实，李白的大半生都是在漫游中度过的。因此，诗人李白对于山水有独特的理解和浓厚的情感。加上官场上的失意，使得诗人常想要摆脱世俗的羁绊，进入缥缈虚无的仙境。

描写完此次的大致行程后，诗人开始浓墨重彩地描绘庐山以及长江雄奇秀伟的风光。“庐山秀出南斗傍，屏风九叠云锦张。”这里，诗人描绘了庐山雄伟的景致。秀美的庐山挺立在南斗星旁，九叠屏像锦绣云霞般铺张开来。显然，诗人在描绘庐山风景的时候运用了极致的夸张、丰富的想象以及大胆的比拟等浪漫主义手法；庐山耸立于南斗星宿之旁，体现庐山之高；庐山的九叠屏犹如锦绣云霞。诗人的想象丰富奇特，可谓独出机杼。

“影落明湖青黛光，金阙前开二峰长，银河倒挂三石梁。”湖光山影，相互映照，庐山石门前双峰矗立、直插云端，瀑布有如银河倒挂，飞泻直下。这几句诗作是对庐山美景的细致描绘，诗人调动想象，运用夸张和比拟把庐山烘托得分外明媚绮丽。其中“阙”是指皇宫门外的左右望楼，而“金阙”指黄金的门楼，这里指庐山的石门；“银河”则是指瀑布。显然，诗人以宏大的视角描绘庐山，极写庐山的高峻雄伟，秀丽美景，真可谓美不胜收。

同时，诗人对庐山的描绘运用了大量的夸张手法。“香炉瀑布遥相望，回崖沓嶂凌苍苍。翠影红霞映朝日，鸟飞不到吴天长。”香炉峰与瀑布遥遥相望，那里山势高峻，翠云红霞与朝阳辉映，甚至连飞鸟都难以飞越，不难想象，这是多么高峻的山峰。当然，诗人这里在描述景物的过程中，运用了一系列的夸张和丰富极致的想象。尤其是“凌苍苍”“映朝日”“飞不到”显示了诗人独具匠心的浪漫主义风采。

也正是因为这样，诗人把庐山的美景描绘得淋漓尽致，引人入胜。然后，诗人登高远眺，以如椽的大笔生动形象地描绘了长江雄伟的气势。“登高壮观天地间，大江茫茫去不还。黄云万里动风色，白波九道流雪山。”这时，诗人登高远望天地间的壮观景象，只见长江浩浩荡荡，直泻千里，一去不还。而且，万里黄云飘浮使得天色变幻，江流波涛汹涌，浪高堆叠如雪山。

这是何等的雄壮，何等的豪情。诗人以强烈的情感、饱满的诗情，运用想象、比拟和夸张的浪漫主义手法把长江奔流之势描绘得境界高远、气象万千，着实令人叹为观止。自然，这也充分显示了诗人的描写功力，把大自然的美描绘得如此雄壮，令人荡气回肠。

接着，“好为庐山谣，兴因庐山发。闲窥石镜清我心，谢公行处苍苔没”。此时，诗人李白经过流放后重登庐山，不禁感慨万千，因此更加迫切地希望超脱现实、寻仙问道。

“早服还丹无世情，琴心三叠道初成。”这两句鲜明而直接地表明诗人希望自己有一天能服食仙丹，修炼升仙，以摆脱世俗之情，到那虚幻的神仙世界中去。尤其是“遥见仙人彩云里，手把芙蓉朝玉京”。诗人仿佛望见神仙在彩云里，手拿着芙蓉正在朝拜玉京山。其中，“玉京”是指道教元始天尊居处，道教称元始天尊居住在天中心之上，名玉京山。可见，这里诗人运用丰富的想象，将自己置于仙境之中，这里是一个自由自在的世界，是一个无拘无束、与世无争，能够实现自己理想的世界。

最后，“先期汗漫九垓上，愿接卢敖游太清”。诗人以怪仙自比，邀卢敖同游。其中，《淮南子·道应训》记载：卢敖游北海时遇一怪仙，想同他做朋友而同游。怪仙笑道：“吾与汗漫期于九垓之外，吾不可以久驻。”遂入云中。而这里，诗人浮想联翩，自比怪仙，希望与卢敖共游仙境，可谓想落天外，想象奇特大胆，具有浓重的浪漫主义色彩。

显然，诗人的这首诗作风格豪迈，气势雄浑，境界雄奇。在诗人丰富奇特的想象和大胆的夸张比拟等浪漫主义手法的运用下，诗作跌宕起伏，极尽抑扬顿挫之美，富有浓郁的浪漫主义神采。而且，在这首诗作里，诗人寄情山水、纵情遨游、狂放不羁，在名山胜景中寄托理想，在神仙境界中肆意遨游，流露出了一位浪漫主义诗人因官场失意而生出的避世之情。

送梓州李使君

万壑树参天，千山响杜鹃。
山中一夜雨，树杪百重泉。
汉女输橦布，巴人讼芋田。
文翁翻教授，不敢依先贤。

全诗大意如下：“梓州一带万壑古树高耸云天，山连着山到处都可听见杜鹃的啼啭。山中的春雨一夜未停，树梢淅沥就像是流淌着百道清泉。蜀中汉女辛劳地织布纳税，巴郡之人因为地少经常诉讼争田。希望你发扬文翁的政绩，重振文翁的精神办学教化，奋发有为不要依仗先贤的成绩偷闲。”

这是唐代著名诗人王维的一首赠别之作。此时，好友李使君赴梓州（今四川三台）上任，诗人即景生情，抒发对好友的惜别之情、劝勉之心。而且，诗人描写心境的过程中，凭借浪漫主义想象和夸张兼写蜀中风景，展现了一幅壮阔古朴、秀丽多姿的蜀中山水画卷，凸显了这位大师的深厚功力。

“万壑树参天，千山响杜鹃。”诗人一开篇便以丰富的想象和极致的夸张手法描写李使君赴任之地的自然风光。这里千山万壑，到处是参天的古树，到处都能够听见杜鹃的啼鸣声。这两句诗既包含了诗人对山林风景的静态描写，也包含了对杜鹃啼鸣之声的动态描写，诗人动静结合的写作手法给人一种身临其境之感，而“千山万壑”更使人目不暇接，可谓壮丽无比。

最重要的是，这两句诗显示了诗人王维深厚的浪漫主义情怀。诗人在描绘景物之时，充分运用想象和夸张的浪漫主义表现手法，把梓州的山林奇景描写得淋漓尽致。同时，诗人的开篇两句从大处落笔，气势磅礴，让人眼前不禁浮现出梓州险峻而古朴的山水风光。

接着，“山中一夜雨，树杪百重泉”。诗人在诗作的颔联抛开大处，选取具体的细节展开描绘，为人们展现了一幅绝妙的山水画卷。这时，山中下了一整夜的雨，飞泉百道，而远远望去，这些飞泉就好像是悬挂在树梢一般。

诗人王维是一位具有浓郁浪漫主义情怀的人，是一位著名的画家，在诗人的笔触下，景致风物往往被赋予独特的神韵。在这里，诗人驰骋想象，精练而准确地塑造了树丛梢头飞百泉的生动景象，其画面、意境、气势都很好地呈现了出来。由此，我们充分见识了诗人在景物描写方面独到的表现手法和浪漫主义情怀。

诗人在以欣赏的笔调描绘蜀地山水景物之后，诗作的颈联两句“汉女输橦布，巴人讼芋天”又描写了梓州的民情。据资料显示，梓州是少数民族聚居之地，那里的妇女需要按时向当地官府缴纳用橦木花织成的布匹，以代替赋税。而且，蜀地盛产芋头，那里的人们又常常为了争夺芋田而起争执。

这两句诗作虽然是诗人的悬想之笔，但也并非天马行空，随意之作，而是紧扣蜀地民情特点，尤其是征收赋税、处理诉讼又都是李使君就任梓州刺史之后要负责的事情。显然，诗人对友人就职梓州刺史之后要处理的事情也做出了贴切的描述。

最后，“文翁翻教授，不敢依先贤”。结尾两句，诗人对友人寄予了殷切的希望。这里，诗人以蜀郡太守文翁治蜀的典故来劝勉友人李使君，希望李使君不要因为蜀地偏陋，百姓难以治理而摒弃文翁的教化之策，也不要依仗文翁等先贤原有的政绩而无所作为。其中，“文翁”是汉景帝时期的蜀郡太守，见蜀地僻陋，乃兴教育、举贤能、修水利，政绩卓著。

同时，联系上下文也可以想象，李使君到如此秀美古朴的地方去当刺史，也自然要恪尽职守，勤于政事，有所作为。当然，这也是诗人通过诗作要给友人传递的一种讯息，希望友人到梓州后要勤于政事，有所作为。无疑，这首诗作有别于一般送别诗的感伤气息，全诗情绪积极开朗，格调高远明快，堪称唐代送别诗中的名篇。

而之所以如此，我们不得不归结于诗人深厚的浪漫主义情怀。在诗作中，诗人选取了最能表现蜀地特色的景物，运用丰富的想象和夸张的浪漫主义手法加以描写，气势壮阔，格调积极高昂，具有浓郁的浪漫主义色彩。

汉江临泛

楚塞三湘接，荆门九派通。

江流天地外，山色有无中。

郡邑浮前浦，波澜动远空。

襄阳好风日，留醉与山翁。

全诗大意如下：“楚塞原野广阔无边又连接着三湘，汉江西起荆门山往东与九江相通。远远望去，那江水好像是要流到天地之外去，近看山色缥缈若有若无。岸边都城仿佛漂浮在水面上，水天相接处波涛荡漾震动云空。襄阳的风光的确令人陶醉，我愿如山简一般在此地一醉方休。”

这首诗是唐代诗人王维创作的一首五律。唐玄宗开元二十八年（公元740年），王维时任殿中侍御史，因公前往南方，在途经襄阳时创作了这首诗。在这首诗作中，诗人以淡雅的笔墨和浪漫主义想象描绘了汉江周围的壮丽景色。诗人寄情于山水，表达了自己追求美好的思想感情与人生境界。

“楚塞三湘接，荆门九派通。”诗人在诗作的首联一开篇便描绘出汉江雄浑壮阔的景色。此时，诗人泛舟江上，纵目远眺，只见莽莽楚塞之地和奔涌而来的“三湘”之水相连接，汉江入荆门山而与长江九支流汇聚合流。其中，春秋战国时期湖北、湖南等地属于楚国，襄阳位于楚国北境，所以诗人把这里称为“楚塞”。而“三湘”是指今洞庭湖南北、湘江一带，“九派”是指长江的九条支流，据说大禹治水时，开凿江流，使“九派”相通。诗人以浪漫主义的艺术表现手法概写总述，使得浩浩荡荡的汉江之景跃然纸上。这种磅礴的气势，诗中有画的境界恐怕也只有诗人王维才能驾驭得了吧。

接着，诗人继续以如椽巨笔来描绘汉江的壮丽图景。“江流天地外，山色有无中。”在这里，诗人重点描绘了汉江及周围的山水风景。汉江之水奔腾不息，远远望去，就好像要一直流到天地之外似的；而汉江两岸青山重重，在流水作用下，由近及远来看，水雾笼罩，时隐时现。这是一幅秀丽而又雄伟的画卷。诗人王维不愧是一位著名的绘画大师，不愧是一位独具神采的浪漫主义诗人。诗人写景视角独特，笔调清新，充满了浓郁的浪漫主义气息。前句，诗人以丰富的浪漫主义想象和夸饰，描写了江水的奔涌之势，这奔腾不息的江水，滚滚而逝，无边无际，似乎要流到天地之外去。由此，汉江之水的浩渺无际被诗人描绘得淋漓尽致，生动传神。

而后一句，诗人则以苍茫的山色来表现汉江水势的浩瀚。诗人遥望汉江两岸的青山，而苍茫的山色因为水汽的作用，变得若隐若现。这种似有似无的视觉体现，令人对汉江水势及流势充满无限遐想。而且，“天地外”“有无中”又为诗作平添了一份迷茫、玄妙、无可穷尽的意境。毕竟，“天地外”以及“有无中”本就虚无缥缈，难以把握。同时，这种虚无之境的描绘也使得诗作极具画面感。

然后，诗人的视野又从远处拉回到近处，对江边都城进行观察和描绘，以展现汉江波澜壮阔的美景。“郡邑浮前浦，波澜动远空。”诗人观望近处，突然间汉江之上风起浪涌，所乘之舟上下浮动，而眼前的襄阳城似乎也随着波浪在江水中浮浮沉沉。而且，随着风势越来越大，汉江上的波涛变得越来越汹涌，可谓浪拍云天，仿佛远处的天空都随之震荡起来。可是，在风浪之前，小舟是平缓地在江面上行驶，城郭也是静止地立于岸边，远空不动地悬于天际。不过，风浪来时，似乎与江水有关的一切都跟着动了起来。

显然，这里诗人运用了浪漫主义的描写手法。实际上，诗人所感受的仅仅是自己所乘之舟的上下浮动，可诗人却描绘成是襄阳城郭也跟着在水面上浮动；明明是汉江的波涛汹涌，掀起大浪，可诗人却极为夸张地描绘成浪拍云天，就连远处的天空也为之摇荡起来。这该是多么震撼的场景啊，该是多么巨大的风浪啊，诗人以丰富的想象和夸张，极言风浪之大，波动之巨，把汉江磅礴的水势描写到了极致。

诗人运用“浮”“动”二字把这一场景描绘得活灵活现，生动形象。一个“浮”字，令人不禁想到整座襄阳城郭似乎是漂浮在汉江之上的，汉江风浪一起，襄阳城也随之摇荡。一个“动”字，也同样使人感慨，仿佛汉江之水与天相接，甚至本就是一体，因而风浪起时，远方的天空也随之震荡起来。看来，诗人为了表现汉江的水势，可谓用心良苦。诗人以丰富的想象和夸张的浪漫主义表现手法把汉江之水与远空、城郭联系在一起，使得汉江的浩瀚壮阔之势跃然纸上。

最后，“襄阳好风日，留醉与山翁”。尾联两句，诗人直抒胸臆，赞美襄阳与汉江的美丽景致，希望能够在此如山翁一般一醉方休。其中，“山翁”也作“山公”，指山简。山简是晋代竹林七贤之一山涛的幼子，好酒，每饮必醉。

《晋书·山简传》中说他曾任征南将军，镇守襄阳。当地习氏的园林风景很好，山简常到习家大醉而归。诗作中诗人以“山翁”借指襄阳地方官。

总之，诗人王维的这首《汉江临泛》犹如巨幅的水墨山水画，意境开阔、气势磅礴，一笔笔勾勒出了汉江的雄浑壮阔。而且，诗人运用丰富的想象和夸饰展开描述，使得诗作充满了浪漫主义神采，极具其“诗中有画，画中有诗”的艺术境界。因此，从这首诗作中，我们能够窥见诗人王维山水诗作的艺术功力。

江雪

千山鸟飞绝，万径人踪灭。

孤舟蓑笠翁，独钓寒江雪。

全诗大意如下：“千山中生活的飞鸟全都灭绝，所有的路都不见人影踪迹。江上只有孤零零一叶小舟上渔翁披蓑带笠，独自垂钓，不怕冰雪侵袭。”

这是唐宋八大家之一的柳宗元的一篇具有浓郁浪漫主义色彩的作品。而这篇作品也是诗人柳宗元当时处境的鲜明写照。唐顺宗永贞元年（公元805年），柳宗元参与了以王叔文为首的政治革新运动。但是，由于保守派与宦官的联合反攻，革新失败。因此，柳宗元被贬官到有“南荒”之称的永州（今湖南零陵），任职永州司马。可实际上，他只不过是个毫无实权却又受地方官员监视的所谓罪犯。官署里没有他的住处，他不得不暂居在龙兴寺的西厢。

诗人柳宗元自从被贬到永州之后，虽然精神上已经受到很大刺激，但政敌仍然不肯放过他，对他进行诽谤、人身攻击，甚至把他丑化为“怪民”。就这样，接连不断的政治迫害以及艰苦的生活环境迫使柳宗元长期生活在悲愤、忧郁和痛苦之中，但是柳宗元贬谪生活中所经历的种种迫害和磨难并没有丝毫动摇他的政治理想。他曾明确表示：“虽万受摈弃，不更乎其内。”

世事多磨难，永州一贬就是十年。在这个过程中，柳宗元借描写山水景物，借歌咏隐居在山水之间的渔翁，来寄托自己清高而孤傲的性情，抒发自己在官场上失意的郁闷苦恼之情。实际上，柳宗元真正意义上的文学创作正是从被贬永州以后开始的，而其文学作品中的代表作也大都写于永州。可以说，没有永州十年的贬谪生活，就不会有柳宗元文学作品中蕴含的浪漫主义色彩。而柳宗元的这首《江雪》，正是诗人怀着幽愤的心情写下的具有浓郁的浪漫主义色彩的伟大诗作。

在这首诗作中，诗人柳宗元以浪漫主义笔触描绘了一幅乡江雪景图。在这幅图画中，山山是雪，路路皆白，飞鸟绝迹，人踪湮没，充分烘托出了诗人柳宗元的清高孤傲，不染纤尘，不为权贵所折腰的伟岸形象。此时，诗人柳宗元对朝廷已经心灰意懒了。诗作中，诗人刻画的潇水岸边空旷孤寂的意境，形象而生动地表现了诗人在现实理想破灭后，转而想要用浪漫主义手法来寻找心灵家园的心境。

“千山鸟飞绝，万径人踪灭。”诗作的开篇两句，诗人以凄清枯寂的笔触描写周边的环境。所有山中生活的飞鸟全部消失，所有的路都不见人的踪迹。这种冷清萧索的环境，甚至不带一点人间气息，让人不禁感到无比的孤独和寂寞。

其实，山上的鸟和路上的人本来是极其平常的事物，也是最普通的形象，可是诗人在这里把“飞鸟”“人踪”的绝灭放在了“千山”“万径”之后，就使得诗歌具有一种动人心魄的震撼力，这样的表现手法一下子把周围的环境变得极端的幽静、绝对的沉寂，形成了一种不寻常的景象。而且，“千山”“万径”的描绘也充分体现了诗人的浪漫主义情怀，使诗作具有浓郁的浪漫主义色彩。显然，这是诗人极端浪漫主义夸饰所营造出来的艺术效果和环境氛围。

接着，诗人在这种极端冷清孤寂的环境中，又描绘了一幅幽静寒冷的画面。“孤舟蓑笠翁，独钓寒江雪。”诗人仅用寥寥数字，就把自己的形象淋漓尽致地展现在读者的面前。在下着大雪的江面上，一叶小舟，一个老渔翁，独自在寒冷的江上垂钓。此时此刻，不禁让人感觉世界是如此纯洁而寂静，一尘不染，万籁无声。渔翁的生活是如此清闲，渔翁的性格是如此孤傲。其实，这正是诗人柳宗元创造出来的一个幻想世界，比起陶渊明《桃花源记》里的景物，《江雪》中的景物恐怕还要显得更加虚无缥缈，远离尘世。

本来，诗人所要描写的景物非常简单，不过就是一条小船，一个穿蓑衣戴笠帽的老渔翁在大雪的江面上钓鱼而已。可是在诗人柳宗元的笔触下，这种简单的画面却被赋予了非同凡响的神采。联系诗作的前两句，我们不难发现，此时之所以“千山鸟飞绝，万径人踪灭”是因为大雪覆盖了一切，山上是雪，路上是雪，就连船篷上，渔翁的蓑笠上也都是雪。无疑，这是一个雪的世界。

然而，在这个画面里也只有江上没有雪了，即使是有雪下到江里，也会立刻化为雪水。可是，诗人在这里却偏偏写道“独钓寒江雪”，诗人把“江”和“雪”两个事物连在一起进行描绘，显然这并非是诗人的实景描绘，而是诗人运用了浪漫主义的描写手法。

这时，诗人把“江雪”联系在一起，实际是意在说明：连江里都仿佛下满了雪。无疑，诗人这样的描写把雪下得又大又密的情形淋漓尽致地展现了出来，把水天不分、上下苍茫一片的景象也完全烘托了出来，从而给人一种空旷浩渺的感觉。

同时，这里的一个“寒”字除了点明气候，表明此时寒冷的环境，更重要的一点是用来烘托渔翁的精神世界。我们不妨想象一下，在这样一个漫天飞雪、寒冷孤寂的环境里，垂钓的渔翁竟然不怕天冷，不怕雪大，他已然忘记了周围的一切，似乎把自己置身其外，他只顾着专心地垂钓，周围的一切仿佛都与他无关。可见，这位渔翁不仅仅是孤傲的，更重要的是他有一份清高，一份不为外界打扰，坚持自我，凛然不可侵犯的威严。

实际上，渔翁的形象是诗人虚拟的、美化了的形象。而这个虚拟的、美化了的渔翁形象，正是柳宗元本人思想感情的寄托和生动写照。诗人被贬永州之后，虽然受到政敌的百般迫害和打压，并且由于环境恶劣导致诗人身体已经到了“行则膝颤，坐则髀痹”的程度，但是他依然不改初衷，坚持自己的政治理想，不向现实低头。

因此，这首《江雪》就是表达诗人心志、抒发诗人情感的一篇宣言。而在表达的过程中，诗人充分运用了浪漫主义的表现手法进行描述，使得诗作具有浓郁的浪漫主义色彩，也使诗人被贬谪以后的情感状态跃然纸上，让人深切地感受到了诗人不甘沉沦于困境，渴望超脱现实，追求心灵的自由，寄美好理想于未来的情怀。

梦天

老兔寒蟾泣天色，云楼半开壁斜白。
玉轮轧露湿团光，鸾佩相逢桂香陌。
黄尘清水三山下，更变千年如走马。
遥望齐州九点烟，一泓海水杯中泻。

全诗大意如下："天色凄清，老兔寒蟾低声呜咽，忽然云层变幻，月亮清白色的光斜穿过云隙，把云层映照得如海市蜃楼一般。月亮带着光晕，像被露水打湿了似的，在桂花巷陌遇到那身带鸾佩的仙女。俯视三座神山之下人世间沧海桑田，世间千年变幻无常犹如奔驰的骏马。在月宫俯瞰中国九州宛如九点烟尘浮动，那一片海水清浅得就像是要从杯中倾泻而出。"

这是中唐著名诗人李贺的一首十分具有代表性的浪漫主义诗作，也是一首游仙诗。在这首诗作中，诗人以打破常规的构思，梦游月宫的形式，天马行空的想象来描写天上的仙境，从而排遣内心的苦闷。诗作寄寓了诗人对世间沧桑的深沉感慨，表现出诗人一种冷眼看待现实生活的态度，可谓人生短暂、世事无常。

事实上，这和诗人李贺的成长经历有着密切的关系。李贺是唐宗室郑王李亮的后裔，但系旁支，所以与皇族的关系已经很疏远。而且，其父李晋肃官位很低，家境也不富裕。另外，李贺虽然天资聪颖，但他因为要避讳其父名字中的“晋”与进士的“进”同音而不得应进士考。就这样，诗人李贺仕途坎坷，一生蹭蹬，长期生活在抑郁苦闷之中，诗人的理想和希望在现实生活中无法实现，终其一生也只做过奉礼郎一类的小官。

显然，在现实社会中，李贺是位怀才不遇、生不逢时的诗人，也正是因为这样，诗人李贺把全部的精力都倾注在了写诗上。而这些诗作也大都是诗人写来感叹其生不逢时，排解其内心的苦闷之情，以及表达自己对理想抱负的追求，对现实社会的感喟。而这首充满诗人浪漫主义情怀的《梦天》就是一首感慨人世沧桑的诗作。

“老兔寒蟾泣天色，云楼半开壁斜白。”在诗作的开篇两句，诗人开门见山，以丰富而大胆的想象直接描写梦中天上的景象，以此来呼应诗题。此时，诗人在天空中漫游，看见天色凄清，听见老兔寒蟾正在低声呜咽，看见月亮清白色的光斜穿过云层，把云层映照得像海市蜃楼一样，这是一幅多么凄清而瑰丽的画卷。其中，“老兔寒蟾”是指神话传说中住在月宫里的动物。伟大的爱国诗人屈原在《天问》中曾提到“厥利维何，而顾菟在腹”，而《淮南子·览冥训》中有后羿的妻子姮娥因偷吃神药，飞入月宫变成蟾的故事。

可实际上，“泣天色”是由于在幽冷的月夜，阴云密布，空中飘下一阵冷雨，而诗人则把这阵冷雨描绘成是月宫里的玉兔寒蟾在哭泣。而“云楼半开壁斜白”也是如此，诗人看见雨停住后，云层裂开缝隙，幻化成了一座高耸的楼阁，月光洒在云层上，将云层映照得如海市蜃楼一般。在这里，诗人以梦幻的浪漫主义手法，结合神话传说，把梦游月宫的场景描绘得独具风采，令人心驰神往。

接着，诗人在天空中继续畅游，并逐渐进入月宫。“玉轮轧露湿团光，鸾佩相逢桂香陌。”下雨之后，天空中的水汽未散，玉轮似的月亮从水汽上碾过，带着光晕，就好像被露水打湿了似的。而且，诗人进入月宫之后，在桂花飘香的小路上，竟然还遇到了衣袂飘飘的仙女。这两句是诗人运用浪漫主义表现手法描写月宫的佳句。

在这里，诗人运用浪漫主义想象和夸饰将月宫之美描绘得淋漓尽致，这充分表现了诗人李贺对未来生活的憧憬。在现实生活中，诗人李贺怀才不遇、生不逢时，处处遭受排挤和打击。可是在天界之上，在月宫中，诗人却遇到了近乎完美的仙女，这一相遇不正象征着诗人希望自己所追求的理想能够实现吗？

在与仙女相遇之后，诗人竟然与仙女攀谈起来。“黄尘清水三山下，更变千年如走马。”诗人俯视三座神山之下人世间沧海桑田，世间千年变幻犹如急奔的骏马，倏然而过。

其中，“三山”是指海上的三座神山蓬莱、方丈、瀛洲，这里指东海上的三座山。据东晋著名道教学者葛洪的《神仙传》中记载，仙女麻姑自说云：“接待以来，已见东海三为桑田。”看来，位于仙界之上俯瞰世间之变化，其速度是很快的。同时，我们不难从诗人的浪漫主义想象中体味到诗人对人世沧桑的感慨。在现实生活中，诗人仕途坎坷，一生艰难，只能任由大好时光被虚度，无法施展抱负、报效朝廷。对诗人来说，这是一种极大的折磨。

最后，“遥望齐州九点烟，一泓海水杯中泻”。结尾两句描写的是诗人在天界俯视人间所看见的景色。其中，“齐州”是指中国。古代，中国分为九州，诗人在天界俯瞰中国，感到九州犹如九点“烟尘”。而下望东海也是如此，此时东海之水清浅得像是要从杯中倾泻而出一样。

在这里，诗人充分地运用浪漫主义想象和夸饰，居高临下地观察世间万物，仿佛自己已经真正地飞入月宫，感受到了人世间时间的稍纵即逝和世间万物的渺小。诗人凭借着浪漫主义想象，俯视人间，看见世间万物如走马一样迅速变更，辽阔的九州、浩瀚的大海，都渺小得如同烟尘。

总之，诗人李贺在这首诗作中，想象丰富、构思奇妙、用比新颖，充分体现了一位浪漫主义诗人的艺术功力，表达了诗人对现实的感喟。德国伟大哲学家黑格尔曾经说过：“最杰出的艺术本领就是艺术家的想象。”而对于一位浪漫主义诗人而言，更是如此。在这里，诗人想落天外，把月夜冷雨幻想成蟾、兔的泪水，把天空的云层描绘成琼楼玉宇……诗人这一系列的想象和夸饰，都使得诗作浪漫唯美，奇诡异常。

苏小小墓

幽兰露，如啼眼。
无物结同心，烟花不堪剪。
草如茵，松如盖。
风为裳，水为佩。
油壁车，夕相待。
冷翠烛，劳光彩。
西陵下，风吹雨。

全诗大意如下："墓地兰花上凝聚的露珠，宛如她凄苦悲伤的泪眼。再没有编织同心结的东西，墓地上的繁花更不堪修剪。芳草犹如她的席垫，松树犹如她的车盖。清风作为她的衣衫，流水作为她的玉佩。她生前乘坐的油壁车，傍晚时准在一旁等待。翠绿的磷火，不辞辛劳地闪着光彩。她走了，在西陵（今杭州西泠桥一带）之下，只有风挟着雨，呼呼地吹着。"

李贺是中唐时期著名的浪漫主义诗人，其诗作中充满丰富想象，与“鬼”结下了不解之缘，他的诗歌创作中经常有鬼神出现，所以后人常称他为“鬼才”。可实际上，诗人李贺并不是在一味地描绘鬼神，而是通过“鬼”来描写、刻画人，表达现实中人的情感。“虽为异类，情亦犹人”，这是清代小说家蒲松龄编写《聊斋志异》的缘由，也是诗人李贺想通过“鬼诗”表达的理念之一。而这首《苏小小墓》就是诗人李贺“鬼诗”中具有代表性的一篇。

苏小小是南齐时钱塘（今浙江杭州）名妓，中国古代有名的才女佳人。她容貌秀丽，举止端庄，且聪颖敏慧，一时公卿权贵争相追捧，艳名远播。然而，她却命运不济，年幼时父母就早早离开人世，后来只能与乳母贾姨相依为命。而且，她的一生美丽而短暂，仅活到二十岁就香消玉殒了。可以说，苏小小的一生是孤苦的，她虽然才貌兼备却命途多舛，生不逢时。

不难发现，苏小小的人生经历使诗人李贺产生了共鸣。诗人虽然属于唐宗室后裔，但系旁支，且早已经是家道中落，生活贫寒。所以，李贺的一生虽有高才却怀才不遇、生不逢时。也正是因为这样，诗人在这里以苏小小墓地景色起兴，通过一系列浪漫主义艺术手法的运用，刻画出苏小小的鬼魂形象，并以此来寄寓诗人对自己独特身世的感慨。

“幽兰露，如啼眼。”在诗作的开篇两句，诗人以独特的想象和比喻，生动形象地刻画了苏小小的形象。那兰花上缀着的晶莹露珠，像是她含泪的眼睛。这里，诗人抓住苏小小的眼睛来进行描绘，以表现苏小小的美。本来，兰花就是美的，带露的兰花则更美，而这种美恰如苏小小的美，有韵味和内涵，有内容和修养。但是，一个“幽”字也给人一种阴森森的恐怖气息，描写了一个幽冥之人流泪的形象。

接着，“无物结同心，烟花不堪剪”。诗人大胆地想象处于幽冥世界中的苏小小，此时她也只剩满腔的幽怨。生前，苏小小爱好山水，追求的是能够和自己相爱的人永结同心，缔结连理。可是如今，苏小小却已香消玉殒，她的一切美好期盼都已成灰，再也没有什么人可以同她绾结同心，坟墓上的野草也不堪剪来相赠。此时此刻，苏小小的心中是凄苦愁怨的，现实命运的捉弄，让她无力挣扎、无力抗争。

无疑，这是苏小小对命运的无奈，也包含了诗人对自己命运的无力感。现实社会的残酷和命运的折磨不是诗人能够选择和决定的。正如诗人不能选择自己的命运一样，苏小小也无法左右自己的人生，这一生注定就是如此短暂而凄苦的。

然后，“草如茵，松如盖。风为裳，水为佩。油壁车，夕相待”。中间这六句，诗人继续以浪漫主义的想象进行描绘，向读者展现了苏小小鬼魂的穿着以及她曾使用的物品。她的席垫是芊芊绿草，她的车盖是亭亭的青松，她的衣衫是飘然而至的清风，她的环佩是叮咚的流水，她生前乘坐的油壁车，如今也依然在等着她。

显然，这里诗人以夸张的想象，探索幽冥之境，描绘苏小小的一切，诗人由景起兴，对苏小小墓地景色及其生平所用之物展开一系列奇特幻想。这些丰富而奇特的浪漫主义想象，不仅烘托出了苏小小鬼魂形象的婉丽多姿，同时也反衬出她寂寞凄凉的心境，收到了一箭双雕的艺术效果，也充分体现了浪漫主义诗人李贺的艺术功力。

最后，“冷翠烛，劳光彩。西陵下，风吹雨”。这结尾四句，诗人延续着上文的描述，重点描绘了西陵之下凄风苦雨的景象。此时，在凄风冷雨的西陵下，鬼火闪烁着若隐若现的绿光。而这绿光原本是为了苏小小的心爱之人阮郁而设，可是如今有情人却不能相会，“冷翠烛”也如同虚设，徒劳光彩，空待无人了。

这里，诗人李贺极尽想象之能事，描写苏小小鬼魂在凄风苦雨之下的孤寂落寞之感，伤心欲绝之情，把苏小小鬼魂内心的怅惘空虚透过想象中的景物，表现得淋漓尽致，真实可感，让人有一种身临其境之感。

诗人如此逼真的描绘，丰富大胆的想象，无疑让我们能够更加了解和认知苏小小坎坷多舛的人生。同时，这字里行间的浪漫主义描述，也寄寓着诗人对自己独特身世的感慨。在这首诗作中，我们隐约可以看见诗人的影子。诗人富有才情，拥有理想和追求，他希望能够凭借自己的才干为多灾多难的李唐王朝尽一份力。然而，由于诗人生不逢时，命运弄人，导致他怀才不遇，仕途艰难，一生都未能施展抱负，他此时同样是“无物结同心”。

面对这样的现实状况，对于身负才干的李贺来说，是极其痛苦的。他此时的心境和苏小小无助的心境是一样的，充满苦闷和烦忧。而诗作中，诗人绮丽浓艳的描绘背后，也同样流露出诗人哀怨孤愤的思想，透过苏小小鬼魂凄清幽冷的外表，我们感受到诗人炽热的情感。

事实上，在诗人李贺的诗作中，有很多写到鬼魂的诗作，而鬼魂也只不过是一种表现形式，一个媒介，一个情感的出风口。它所反映的，仍是人世的状况；它所表现的，仍是人的思想感情。在这里，诗人以丰富的想象力所表现的仍旧是对现实的不满，对自己怀才不遇、生不逢时的一种感喟。

秋来

桐风惊心壮士苦，衰灯络纬啼寒素。

谁看青简一编书，不遣花虫粉空蠹。

思牵今夜肠应直，雨冷香魂吊书客。

秋坟鬼唱鲍家诗，恨血千年土中碧。

全诗大意如下："吹过梧桐叶的秋风惊人心，壮士辛苦著作急，在昏暗的灯光里，纺织娘啼叫着催织寒衣。日后谁来读我用竹简写下的诗集，不使它被蠹虫蛀成粉屑、布满洞隙。被思想扯着，今晚我的肚肠都要愁直了，雨夜冷飕飕，像有前代诗人的灵魂来吊唁我。秋夜的坟场上，诗鬼们诵读着鲍氏的诗句，他们的怨血在土中化作碧玉，千年难消。"

这首诗作，在李贺的"鬼诗"中是一首冷峭阴森、鬼影憧憧的力作，它寄情于物，充分彰显了诗人浓郁的浪漫主义诗歌创作风格。这里，诗人把自己的主观情思与孤坟野鬼融于一体，托物传情，借"鬼"来发表慨叹，以奇特的艺术想象来抒发诗人抑郁未伸、怀才不遇的深切忧愤，读来让人不禁拍案叫绝，引发人们无限遐思。

"桐风惊心壮士苦，衰灯络纬啼寒素。"开篇两句，诗作以"秋"这个特定的时节作为依托，以景传情。这时，秋风瑟瑟，落叶萧萧，黯淡的灯光照着墙壁，墙角络纬（虫名，夏秋夜间振羽作声，声如纺线，故名）不住地哀鸣，俨然一派秋深天寒、岁月将暮的景象。

一般来说，"桐风""衰灯""寒素"这些景物是很容易触动才人志士的感伤情怀的，当然诗人李贺也不例外。但是，诗人李贺的感受不同于一般文人的悲愁叹老、愤愤不平，毕竟诗人还非常年轻。在这里，诗人在秋意深浓的环境下，以强刺激、冷色调的字眼鲜明有力地表现了被命运捉弄的锥心之痛和与现实社会的抗争的绝望挣扎，从而显示出诗人的深刻的人生之叹。

落叶秋风本是深秋时节的常态，可是在诗人的笔下却让人魂惊魄悸，心生无限悲凉；而衰灯虫鸣，带给诗人的却是凄寂寒骨的悲凉。事实上，东晋陶渊明在《杂诗十二首》其二中写到的“日月掷人去，有志不获骋”是古往今来有志之士的共同感慨。它的意思是说：时光飞逝，弃世人而去，我即使是有远大的志向，也没有了驰骋壮志的机会。

志士怀才不遇，任岁月蹉跎，乃是千古同恨。而诗人李贺的不幸身世，胸怀大志却无缘科考的遭遇让他对瑟瑟秋风、凄凉萧索的环境更加敏感，这哀苦的虫鸣就好像是在一声声地告诫诗人，这已经是他的人生的终点了，他的前途已然被判处了死刑。显然，这对于胸怀大志却抑郁难伸的李贺来说是极大的打击，面对这一切，他就犹如残灯一样再挣扎也无济于事。

接着，“谁看青简一编书，不遣花虫粉空蠹”。诗人延续着上文的情绪，以蛀虫咬书的细节抒发了自己对生活的牢骚和不平之感。诗人青灯独伴，呕心沥血地写下这些诗篇，可是又有谁来赏识而不至于让诗篇任由蛀虫撕咬呢？在现实社会中他世无知音，无人能解，其内心的孤寂和痛苦，已经到了悲痛欲绝、万念俱灰的程度。

然后，“思牵今夜肠应直，雨冷香魂吊书客”。诗作的五、六句紧接着上文的意思，描写了诗人的苦中幻觉。此时，诗人辗转反侧，彻夜难眠，深为怀才不遇、生不逢时的忧愤愁苦之情所折磨，似乎肠子都要被拉成直的了。他痛苦地思索着，在衰灯明灭之中，在迷离恍惚之际，他仿佛看到了赏识自己的前辈诗人就在眼前。在冷雨淅沥中，一位古代诗人的“香魂”前来吊唁孤寂落寞的“书客”。

显然，诗人此时的心情是极其沉痛的。想来，凭吊之事都是生者吊唁死者，可是这里诗人却突发奇想，反过来说死者的鬼魂来吊唁生者（李贺），这种石破天惊的浪漫主义论述方式简直是诗中奇笔，读来令人更加深刻地感受到此时此刻诗人李贺内心的悲苦和愁怨，竟然就连死者都来对诗人进行吊唁。

不仅如此，“秋坟鬼唱鲍家诗，恨血千年土中碧”。结尾两句，诗人驰骋想象，进一步运用浪漫主义的艺术表现手法，描绘鬼魂吟唱的凄清景象。此时，在凄风苦雨之中，衰灯寒窗之内，诗人似乎隐约听到已故诗人鲍照在秋坟上吟唱当年抒发愤恨之意的诗句，感叹诗人李贺落落寡合、郁郁寡欢的现状。而且，在鲍照鬼魂吟唱的诗句中，我们还能够嗅到一缕深似黑夜、愁如大海的悲凉之情，似乎鲍照的怨血在土中化作碧玉，千年不化，万世不消。

虽然，这里诗人字面上是在描述鲍照鬼魂的沉痛哀吟，但是实际上却是借他人之酒杯，浇自己心中之块垒。在诗人看来，自己的命运正如鲍照一样，怀才不遇，生不逢时，虽有大志和雄才，但终究不得施展。也正是因为这样，这种怀才不遇的痛苦，希望建功立业的愿望，深深地困扰着诗人，使诗人长期处在一种抑郁感伤、昼夜焦愁的生活之中。

可见，诗人在这首诗作中，融注了自己强烈而浓厚的情感，字里行间都流露出怀才不遇、生不逢时的忧愁烦闷之情，而且在描写的过程中，诗人运用奇特的构思和夸张的浪漫主义想象来表现情感，以描绘鬼魂的形式来抒发胸怀，有力地表现了诗人李贺浪漫主义诗歌诡谲凄异的风格。宋代的钱易在《南部新书》中说：“李白为天才绝，白居易为人才绝，李贺为鬼才绝。”确实，诗人李贺对鬼魂的理解和描绘，简直是入木三分，他把鬼魂的情感和自己的情感巧妙地结合在了一起。

李凭箜篌引

吴丝蜀桐张高秋，空白凝云颓不流。

江娥啼竹素女愁，李凭中国弹箜篌。

昆山玉碎凤凰叫，芙蓉泣露香兰笑。

十二门前融冷光，二十三丝动紫皇。

女娲炼石补天处，石破天惊逗秋雨。

梦入神山教神妪，老鱼跳波瘦蛟舞。

吴质不眠倚桂树，露脚斜飞湿寒兔。

全诗大意如下：“在深秋的夜晚，李凭弹奏起吴丝蜀桐制成的精美箜篌。听到这美妙的乐声，就连天空中的行云都不禁聚集起来不再飘动。湘娥把泪珠洒满斑竹，九天素女也为此而牵动满腔忧愁。之所以出现这种情况，全是因为李凭在京城弹奏箜篌。这乐声清脆动听得就像是昆仑玉碎，凤凰鸣叫一样；乐声时而低回，时而轻快，使芙蓉哭泣，香兰开怀大笑。同时，凄婉的乐声使人觉得长安城沉浸在寒光之中，二十三根弦丝高弹轻拨，甚至打动了天上最尊贵的神。而高亢的乐声直冲云霄，冲上女娲炼石补过的天际，用来补天的五彩石被乐声震破，逗落了漫天的秋雨。梦中李凭仿佛进入了神山，把技艺传授给仙女，老鱼兴奋地在水波中跳跃，瘦蛟也翩翩起舞、乐不可支。吴刚在月宫之中也被乐声吸引，彻夜不眠地依靠着桂树。而桂树下的玉兔也伫立聆听，不顾露珠斜飞打湿它的毛。”

这首诗作是诗人李贺的一首充满浪漫主义气息的佳作。在这首诗作里，诗人描述了乐工李凭弹奏箜篌的高超技艺。音乐是一门艺术，往往比较抽象，难以捉摸，要用文字将其巧妙地表达出来就更难了。但是，这对于诗人李贺来说，却并非难事。

当时，诗人李贺任职于长安（今陕西西安），官奉礼郎（执掌祭祀的九品小官）。而李凭是当时的梨园弟子，唐宪宗时期红极一时的宫廷乐师，因为善于弹奏箜篌而名噪一时。“天子一日一回见，王侯将相立马迎”，其身价之高，甚至远远超过盛唐时期著名乐工李龟年。这里，诗人李贺描绘的对象正是这位名噪一时的宫廷乐师——李凭。

在这首诗作中，诗人运用了大量的浪漫主义联想、想象、神话传说和一连串出人意料的比喻，形象传神地描绘了乐工李凭弹奏箜篌的高超技艺，以及由此创造出来的诗意浓郁的音乐境界。

“吴丝蜀桐张高秋”。诗作的起句开门见山，用制作精良的箜篌来表现演奏者演奏技艺的高超。其中“吴丝蜀桐”是指吴地的丝和蜀地的桐，这些都是制作箜篌的上好材料。由这些上好的制作材料，我们不难想象此箜篌制作的精细，品质的优良。

而接着，诗人李贺俨然变成了一个无所不能的神奇魔术师，他驱使着大自然的一切景物，调动神话传说中众多的人物，来表现乐工李凭演奏箜篌时带来的无比强烈的艺术效果。

“空白凝云颓不流”“江娥啼竹素女愁”，诗人避开了无影无踪、难以捉摸的箜篌声，而是以浪漫主义的笔触把焦点放在了天空中的行云。这美妙悦耳的箜篌声一经传出，空旷山野之上的天空中飘动的行云也为之驻足，仿佛在凝神静听，而善于鼓瑟的湘娥与素女也被这乐声触动了愁肠，潸然泪下。

真所谓“天若有情天亦老”，行云本无情，可是诗人通过奇特的想象，赋予了飘动的行云以人类的情感，并且诗人穿梭古今，让停滞的行云与古时的“江娥”“素女”互相配合，这一切都有力地烘托出了乐声的神奇美妙，它似乎具有惊天动地的无穷魅力，能遏行云、阻流水，令善奏者也为之侧目。

这该是多么奇特大胆的想象和描绘啊，然而诗人的浪漫主义想象和描绘还远不止如此。“昆山玉碎凤凰叫，芙蓉泣露香兰笑。”诗作的五、六两句针对“声”和“形”两方面开始正面描写乐声。那箜篌的乐声似昆仑山的玉碎之声，又似凤凰鸣叫，令人难以分辨。而且，时而低回时而轻快的乐声使芙蓉泣露、香兰带笑。这夸张的想象和奇特的构思，着实令人惊叹。其中，诗人在第五句运用了丰富的想象和比拟手法，描绘了箜篌乐声带来的震撼的听觉享受，而第六句则是以奇特巧妙的构思从花朵具体的形貌变化上展现乐声的美妙。

然后，“十二门前融冷光，二十三丝动紫皇”。从这里开始，诗人着重描写了箜篌乐声带来的音响效果。深秋时节，冷气寒光无所不在，可是乐工李凭的箜篌之声却把长安城的寒光全部消融。显然，这又是一种极致夸张的浪漫主义表现手法，毕竟冷气寒光是无法消融的，但是因为人们都沉浸在这美妙无比的乐声之中，以至于连深秋的冷气寒气都忽视了。这种夸张的表现手法，无疑凸显了乐声的无限美妙。

诗人凭借着无所羁绊的想象，把这美妙无比的箜篌乐声进一步升华，乐声甚至打动了天上尊贵的天帝。这该是多么动听美妙的乐声啊，竟能触动高高在上的天帝的心弦。这不禁让人们对乐工李凭高超的弹奏技艺充满无限想象。

延续着这样的意境，诗人进一步把想象的空间拓展到仙府天界。“女娲炼石补天处，石破天惊逗秋雨。”诗作的这两句，诗人将焦点转入天界，通过新奇的想象和夸饰充分展现了诗人的浪漫主义神采。这里，诗人的想象更加新奇大胆、无所拘束，竟然说乐工李凭的箜篌之声把女娲炼五彩石补天之处震破，引出一场秋雨。这样的写法无疑是太大胆，太令人始料不及了。

可见，诗人李贺此时简直就是一匹毫无顾忌的野马，随着自己的浪漫主义思想驰骋。但是，这出人意料的浪漫主义想象和夸饰，却又感人肺腑，令人无比震撼，对美妙无比的箜篌乐声充满无限的想象。

接着，诗人的思绪进一步发展，由天界过渡到神山。“梦入神山教神妪，老鱼跳波瘦蛟舞。”这里，诗人写李凭进入神山将弹奏箜篌的技艺传授给仙女，就连老鱼瘦蛟都欢欣鼓舞。按照一般的思维逻辑，为了表现李凭的技艺高超，诗人应该会说这技艺是天上的神女传授。可是，诗人李贺在这里把夸张的表现手法运用到了极致，他说神女的弹奏技艺也是乐工李凭所授，这天马行空的想象简直到了极致，而乐工李凭弹奏箜篌的技艺也到了无与伦比的程度。

同时，“老鱼瘦蛟”的状态也充分体现了诗人丰富奇特的想象力。本来，“老鱼”“瘦蛟”年老体弱、行动乏力，可是听到乐工李凭弹奏的箜篌之声，竟然伴随着这美妙的音乐腾跃起舞。这是一种多么神奇的现象，这美妙无形的箜篌乐声甚至拥有了助他人“返老还童”的神奇魔力，令“老鱼”“瘦蛟”重现活力。

最后，“吴质不眠倚桂树，露脚斜飞湿寒兔”。结尾两句，诗人进一步运用想象、神话传说等浪漫主义的艺术手法展开烘托和描绘。听到美妙无比的箜篌乐声，在月宫中成天伐树的吴刚竟然倚着桂树彻夜不眠，而嫦娥身边的玉兔也蹲伏在一旁，任凭深夜的露水不停地洒落在身上，把它的毛发打湿。这种极致的夸张手法融合唯美的神话传说，使得李凭弹奏的箜篌乐声显得更加美妙动听。

从诗人的这首诗作中，我们充分领略了李贺大胆奇特的想象、联想以及夸张的浪漫主义表现手法，他不愧是中唐时期独树一帜而成就卓越的浪漫主义诗人。

老夫采玉歌

采玉采玉须水碧，琢作步摇徒好色。
老夫饥寒龙为愁，蓝溪水气无清白。
夜雨冈头食蓁子，杜鹃口血老夫泪。
蓝溪之水厌生人，身死千年恨溪水。
斜山柏风雨如啸，泉脚挂绳青袅袅。
村寒白屋念娇婴，古台石磴悬肠草。

全诗大意如下：“民工不断地采玉，需要采到那珍贵的水碧。然而，它不过是被雕琢成贵妇的首饰，替贵妇们装点容颜。老汉饥寒交迫地来采玉，闹腾得水中的蛟龙也愁闷，碧蓝的蓝溪水也被翻搅得浑浊不清了。夜黑雨狂的山冈上，老汉只能以榛子充饥，杜鹃声声哀怨、口口啼血，就像是老汉悲伤的泪滴。又深又险的蓝溪水把多少的采玉工活活吞噬，葬身水中的冤魂啊，纵然过了千年仍然怨恨蓝溪。又陡又斜的山坡上柏树呼啸、风狂雨急，老汉腰间系着的绳子在风雨中悠荡，从山脚一直垂到蓝溪底。老汉心里挂念着寒村茅舍里嗷嗷待哺的娇儿弱女。看着山崖石级上的悬肠草，老汉的心悲戚不已。”

这首诗作是描写采玉工人的苦难生活和痛苦心情的，是诗人李贺少见的以现实生活为题材的作品。诗人以生动形象的浪漫主义笔触，描绘了一幅悲凉凄苦、感人至深的老汉采玉图。当时，唐朝长安（今陕西西安）附近的蓝田县以产玉而著名，县西三十里有蓝田山，又被称为玉山。山里的溪水中出产一种名贵的碧玉，叫作蓝田碧。但由于山势险峻，开采这种玉石十分困难，工人常常会有生命危险。而诗人的这首《老夫采玉歌》便是以此为背景创作的。

在这首诗作里，诗人对采玉的工人进行了细致的描写，并对采玉工人艰险的工作环境进行了浪漫主义的描绘和修饰，从而表现诗人对采玉工人的深切同情，对统治阶级骄奢的批判。

“采玉采玉须水碧，琢作步摇徒好色。”诗作的开篇两句，诗人简要描述和概括了工人采玉的情况。农夫们辛辛苦苦、没日没夜地采玉，而且还需要采到珍贵的水碧，实际上只不过是为了雕琢成贵妇的首饰，为贵妇徒增一点美色而已。可是这对于辛苦采玉的工人来说，却要付出极大的辛苦，冒着丧命的风险。显然，一开篇诗人就表明了对工人采玉的态度，他既哀叹工人采玉的辛劳，又对统治阶级流露出鄙夷的姿态。

接着，诗人以浪漫主义的表现手法具体描写了工人采玉的辛苦。“老夫饥寒龙为愁，蓝溪水气无清白。”采玉工人忍受着饥寒之苦，下溪采玉，日复一日，就连蓝溪里的龙都被骚扰得苦不堪言，而且这频繁的采玉把蓝溪的水都弄得浑浊不清了。显然，这两句诗极具浪漫主义色彩，以超现实的意象形象有力地表现了工人采玉的辛苦和对蓝溪造成的恶劣影响。

采玉人积年累月地在蓝溪采玉，搅得龙不安宁水不清。这是一种浪漫主义想象和夸饰，诗人以“龙为愁”的奇想来体现工人的窘迫状况以及采玉给当地造成的破坏。那蓝溪水面上笼罩的雾气正是龙的愁气所凝。而龙之所以如此忧愁，就是因为采玉工人饥寒交迫的惨状。面对这种惨状，连深潜溪底的龙都为之忧愁。由此，采玉工人的惨状可见一斑。

然后，“夜雨冈头食蓁子，杜鹃口血老夫泪”。诗人李贺在这里，就“饥寒”二字展开进一步的描写。夜雨饥寒，无以果腹，采玉人只有用榛子充饥，他又怎能不为自己悲惨的命运而血泪纵横呢！其实，在诗人李贺之前，韦应物在《采玉行》中也写过蓝溪采玉的事。诗中写道：“官府征白丁，言采蓝溪玉。绝岭夜无家，深榛雨中宿。独妇饷粮还，哀哀舍南哭。”可见，在蓝溪采玉，工人们要进入蓝田山的深山绝岭之中，那里没有房屋，他们只能暂借茂密的灌木丛避避风雨。而且，从后文可知，诗人李贺这里写的是老夫采玉，可韦应物写的是壮丁采玉。老夫采了一辈子的玉，所采的玉不知为贵妇们增添了多少美色，可是到头来自己却是穷困潦倒，不得温饱，老夫这种凄惨的状况不禁让诗人想到了流淌在采玉老人脸上的血泪。

但是，诗人并不是直说血泪，而是以浪漫主义手法结合传说进行描述。相传，杜鹃是古蜀国望帝的魂魄所化，因对故国念念不忘而夜夜啼哭，乃至泪尽而啼血。而这里诗人以“杜鹃口血”这种浪漫主义奇想来表现采玉老人的血泪，采玉老人的泪就如同杜鹃的啼血，这有力地表现了采玉老人内心深处的凄苦。

不仅如此，“蓝溪之水厌生人，身死千年恨溪水”。工人采玉的辛酸和苦楚还远不止这些。蓝溪水好像厌恶生人，常常把来到这里采玉的人置于死地，而那些因为采玉而惨死的工人，即使已经死去千年也难消对蓝溪水的怨恨。显然，这里诗人以超乎常情的浪漫主义想象切入，赋予蓝溪水生命的灵性，从蓝溪水的角度来描写采玉工人的悲惨命运。本来，由于蓝溪地势险峻，采玉极其危险，工人很容易在采玉过程中遭遇不测，而诗人却说这是由于蓝溪水厌恶生人，所以置采玉工人于死地。

而且，这些惨死的工人死后也不得瞑目，即使是千百年后也充满怨愤，不会安息，毕竟他们采玉是为了维持艰难的生活，于是“恨溪水”。可实际上，采玉的工人遭遇不幸，命丧蓝溪，他们所怨恨的并不是蓝溪的险峻，而是官府，是统治阶级的骄奢之风。可见，诗人在这两句中充分运用了浪漫主义想象和夸饰，极言采玉之人心中积郁的深重怨恨，极大地增添了诗作的浪漫主义色彩，体现了李贺特有的瑰奇艳丽的写作风格。

接下来，诗人进一步描写采玉人进入蓝溪采玉的情景。“斜山柏风雨如啸，泉脚挂绳青袅袅。”侧倾的山坡上，柏树摇撼，风吼雨啸，采玉人在泉脚处拴上绳索，另一端则系在腰间，悬身入水，他们的生命就这样被系于一条在风雨中摇摇晃晃的绳索上。其中，“风雨如啸”“青袅袅”都有力地烘托了老夫采玉的危险与不易。在这样的情况下，采玉人不知什么时候也会葬身溪中。

“村寒白屋念娇婴，古台石磴悬肠草。”当老夫入水的时候，他忽然看到古台石阶上的悬肠草，不禁想到自己贫寒屋舍中的娇儿，不禁担心自己一旦葬身蓝溪，弱小的娇儿又该如何生活下去呢。这一连串的想象和心理描写，准确而形象地表现了老夫此时此刻忐忑和忧虑的心情，尤其是“悬肠草”形象有力地形容了采玉老人的心境。

诗人李贺的这首《老夫采玉歌》虽然以现实为基础，但是字里行间流露出浓郁的浪漫主义气息，深得浪漫主义神采和精神，是一篇洋溢着浓郁浪漫主义色彩的佳作。

金铜仙人辞汉歌

魏明帝青龙元年八月，诏宫官牵车西取汉孝武捧露盘仙人，欲立置前殿。宫官既拆盘，仙人临载，乃潸然泪下。唐诸王孙李长吉，遂作《金铜仙人辞汉歌》。

茂陵刘郎秋风客，夜闻马嘶晓无迹。
画栏桂树悬秋香，三十六宫土花碧。
魏官牵车指千里，东关酸风射眸子。
空将汉月出宫门，忆君清泪如铅水。
衰兰送客咸阳道，天若有情天亦老。
携盘独出月荒凉，渭城已远波声小。

全诗大意如下：“茂陵里埋葬的刘彻，好像秋风过客匆匆而逝。夜里曾听到他的坐骑嘶鸣，可天亮后却不见踪迹。画栏旁边棵棵桂树，还依然散发着桂花的香气。长安城的三十六宫如今却是一片苔藓碧绿。魏国官员驱车运载铜人，从汉宫直指千里之外的魏宫，车刚刚走出长安城东门，寒风就直射进铜人的眼珠里。只有那朝夕相处的明月，伴随着铜人走出官邸。怀念起往日的君主，铜人流下如铅水般的泪滴。枯衰的兰草在通往咸阳的古道上为远客送别，上天如果有感情，也会因为悲伤而变得衰老。荒凉的月色中铜人携盘独出，眼看着长安城渐渐远去，渭水的波涛声也越来越小。”

这首诗作是诗人李贺因病辞官，由京师长安（今陕西西安）赴洛阳途中所作的一首诗。在这首诗作里，诗人以丰富的想象，拟人化的手法，描写金铜仙人辞汉的悲伤情景，寄寓诗人在国运衰微之时的身世之感和家国之痛，反映出诗人对唐王朝一蹶不振的忧愤心情。

当时，唐王朝经过安史之乱后，虽然有过一段时间的中兴，但实际上藩镇割据此起彼伏，西北边陲烽火屡惊，国土沦丧，满目疮痍，民不聊生。而且，诗人李贺“宗室王孙”的贵族之家也早已没落。面对这残酷的现实，诗人李贺急切地盼望着能够建功立业，重振国威，同时光耀门楣。但是，天不遂人愿，进京以后，诗人到处碰壁，仕进无望，报国无门，最后不得不含愤离去。而这首《金铜仙人辞汉歌》所抒发的正是诗人这种交织着家国之痛和身世之悲的凝重感情。

其中，“金铜仙人”是汉武帝命人建造的。汉武帝在成就了一番霸业后，梦想着成仙飞升，长生不老。于是，汉武帝就在建章宫神明台上竖起来一个“高二十丈，大十围”的铜制仙人，以求仙露。可魏明帝景初元年（公元 237 年），它被拆离汉宫，运往洛阳，后因“重不可致”而被留在霸城（今陕西西安灞桥）。因此，“金铜仙人”可以说是汉王朝由盛转衰的“见证人”。

“茂陵刘郎秋风客，夜闻马嘶晓无迹。画栏桂树悬秋香，三十六宫土花碧。”诗作的前四句描写了汉武帝刘彻虽有丰功伟绩，但是在无尽的历史长河中，他也只不过是昙花一现而已。昔时，汉武帝威风无比，政绩卓越，堪称一代天骄，可是“夜闻马嘶晓无迹”，他终究也是一个过客。虽然，汉武帝晚年炼丹求仙，追求长生不老，但是他最终还是如秋风中的落叶一般，倏然而去。可见，韶华易逝，人生难久，世事无常。

而“画栏桂树悬秋香，三十六宫土花碧”则有力地体现了诗人的这一感触。画栏旁边棵棵桂树，还依然散发着桂花的香气，长安城的三十六宫如今却是一片苔藓碧绿。可见，世事变化是不以人的意志为转移的。而诗人开篇便从汉武帝的一生发起浪漫主义想象和慨叹，以“秋风”“画栏”“土花碧”等意象来进行烘托表现，也使得世事沧桑之感如在眼前，充分体现了诗人丰富的想象力和对历史变迁的喟叹。

接着，“魏官牵车指千里，东关酸风射眸子。空将汉月出宫门，忆君清泪如铅水”。中间四句，诗人用拟人化的浪漫主义表现手法描写了“金铜仙人”初离汉宫时的酸楚凄惨，这是诗人浪漫主义情怀的集中体现。在这里，诗人驰骋想象，形象而生动地描绘了当时的场景：魏国官员驱车运载铜人，直指千里之外的魏宫，车刚刚走出长安城东门，寒风就直射进铜人的眼珠里。只有那朝夕相处的明月，伴随着铜人走出官邸，怀念起往日的君主，铜人流下如铅水般的泪滴。

其中，“东关酸风射眸子”中“酸”“射”二字把“金铜仙人”初离汉宫的酸涩凄楚之情描写得淋漓尽致。而且，这两个字中饱含了诗人丰富的情感和浪漫主义想象与夸饰，“酸风”和“金铜仙人”都被诗人赋予了生命的灵性，它们宛然都变成了有感知的生物。尤其是“忆君清泪如铅水”，诗人的拟人手法和丰富的想象得到更好的体现。本来，“金铜仙人”无知无觉，只是一座铜像，可是在诗人的笔下，它却饱含情感，对汉武帝刘彻充满不舍。无疑，这是诗人大胆的想象和夸饰，是诗人把自己的主观情感融入这初离汉宫的铜像之中，寄寓诗人对国家前途和命运的深切忧虑和担心。

最后，“衰兰送客咸阳道，天若有情天亦老。携盘独出月荒凉，渭城已远波声小”。结尾四句，诗人以浪漫主义笔触描写了“金铜仙人”出城后途中所见的景象以及发出的感叹。当然，此时此刻，“金铜仙人”已然成为诗人的“代言人”，是一个有知觉的生物。国破家亡，“金铜仙人”辞别汉宫，这是一幅令人感到无限悲戚的画面，即使是古道上的兰草也不例外地悲伤起来。此刻，枯衰的兰草正在通向咸阳的古道上为远客送别。

可见，此时周遭的一切都被诗人赋予了悲戚的情感，都沾染了诗人对国家兴亡的感触。“金铜仙人”见证了汉王朝的昌盛和衰败，此刻又被魏官强行拆离汉宫，这时，兴亡之感、离别之情不觉一股脑地涌上心头。同时，此番离去正值月冷风凄，城外的咸阳道呈现出一派萧瑟悲凉的景象。而给“金铜仙人”送行的只有路边的“衰兰”，与它同行的旧相识也只有它手中一直托着的“承露盘”，这是一幅多么凄惨愁苦的画面啊！

面对这样愁苦的画面，凡是有情之物恐怕都会为之悲伤吧。但是，这里诗人进一步调动浪漫主义想象和夸张，写道“天若有情天亦老”，这时诗人的抒怀对象已经不局限于人世间的一切，而是把这种悲戚之感直达上天，想象着上天如果有感情，也会因为这种悲伤之情而变得衰老。无疑，诗人这一奇特的浪漫主义想象，深沉感人、意境辽远，堪称奇绝无双，将“金铜仙人”的这种悲戚之感以及诗人自己对唐王朝国运的深切担忧表现到了极致。

而“携盘独出月荒凉，渭城已远波声小”更进一步描写了“金铜仙人”恨别伤离，其不忍离去但又不得不离去的情怀。因此，诗人的这首诗作充溢着浪漫主义色彩，是诗人的一篇典型的浪漫主义诗作，诗人就“金铜仙人”初离汉宫的史实展开浪漫主义描绘，使得诗人自己对唐王朝前途的忧虑和担心之情跃然纸上。

天上谣

天河夜转漂回星，银浦流云学水声。

玉宫桂树花未落，仙妾采香垂佩缨。

秦妃卷帘北窗晓，窗前植桐青凤小。

王子吹笙鹅管长，呼龙耕烟种瑶草。

粉霞红绶藕丝裙，青洲步拾兰苕春。

东指羲和能走马，海尘新生石山下。

全诗大意如下："天上的银河夜里还在潺潺流动，银河中飘荡着运转的群星，银河两岸的流云们，调皮地发出流水的声音。月宫中桂花树的花朵从未凋落，仙女轻盈地采着桂花，并将采来的桂花装入香囊挂在腰间。天空中的仙女弄玉，卷起宝帘、打开玉窗，窗前梧桐树枝繁叶茂，而带他们夫妻升仙的小青凤依然那么娇小。仙子王子乔又吹起形状像鹅毛的笙管，他悠然地在云烟里吆喝着龙耕地，种下万顷仙草。剪一条粉红色的衣衫做成红丝带来装饰仙女们的纯白色裙子，她们飞到南海青洲来采集仙草，欣赏早春。这时，羲和驾着天马，车里载着太阳从东边奔来了。而人间，石山下的海水又一次退去露出陆地，扬起尘土。”

这首诗作是诗人李贺创作的一首游仙诗。在这首诗作里，诗人游目太空，驰骋纵情，以丰富奇特的想象以及神话传说等浪漫主义艺术手法虚构了一个尽善尽美的仙境，表达了诗人对自己心怀壮志而生不逢时的感慨，对宝贵时光被白白虚度的愤恨心情，以及对理想境界的追求和向往。

“天河夜转漂回星，银浦流云学水声。”在诗作的开头两句，诗人着重描写天上的银河。此时，诗人仰望夜空，看见群星闪闪，不禁生发无限遐想，由现实世界进入了虚幻的世界。在这里，诗人似乎看到银河在转动，回荡着的流星泛起缕缕银光。而且，星云似水，诗人凝神静听，仿佛还听见潺潺的流水之声。照理来说，这不可能是诗人站在地面上仰望星空的所见所感，银河的景致是不可能被诗人用肉眼看清楚的，更何况诗人如此细致的描写更是不可能。实际上，这是诗人在写实基础上的大胆想象和夸饰。

接着，诗人进一步进入虚幻世界，驰骋想象，一步步描写天庭这个与人间有极大不同的景象。“玉宫桂树花未落，仙妾采香垂佩缨。”诗人首先进入月宫，他看见月宫里的桂树花枝招展，桂花香气袭人，而衣带飘飘的仙女们正在采摘桂花，并把它装入香囊挂在衣带上。可见，这是一幅十分静美的图景。这里的一切安静淡然又美妙恒久，与尘世间的污浊、短暂截然不同，这里仙树不枯，仙花不落，而尘世间却是“馨香易销歇，繁华会枯槁”。

而且，这开头两句揭开了整首诗作的浪漫主义想象，反映了诗人对现实社会的不满，对理想生活的追求和憧憬。诗人一生坎坷、怀才不遇、壮志难酬、仕途艰难，在现实社会中根本体会不到这样的情景。也恰恰是因为这样，诗人把现实中的壮志难酬之感和对时光岁月虚度的愤恨之情，投放在幻想出来的仙境之中，以寄托胸怀，表达情感。

“秦妃卷帘北窗晓，窗前植桐青凤小。”这里，诗人以时间为切入点，融合神话传说来表达现实生活中时间的短暂，以及诗人对天界时间恒久的神往之情。其中“秦妃”是指弄玉，相传她是秦穆公的女儿，后来嫁给了萧史，学会吹箫。一天，夫妻二人“同随凤飞去”。此时，晨光熹微，仙女弄玉正卷起窗帘，观赏窗外的晨景，看见窗前的梧桐上立着一只小巧的青凤。而它就是当年引导他们夫妇二人升天的那只神鸟。实际上，弄玉升天已经有一千余年，而红颜未老，那青凤也娇小如故。显然，时间的推移没有在她们身上留下任何痕迹，这就是天界的神奇之处。

然而，天界也并非全无变化，这里有晨昏之别，仙人也有夙兴夜寐的习惯，与世人无异。这也说明，这是诗人由现实而生发的浪漫主义想象，对现实有着强烈的观照意义。

“王子吹笙鹅管长，呼龙耕烟种瑶草。”这同样是一幅具有浓郁的浪漫主义色彩的神奇图景。仙人王子乔吹着细长的笙管，驱使着神龙翻耕烟云，播种瑶草。这是诗人幻想的产物，诗人运用神话传说创造出新奇瑰丽的幻境，充分体现了诗人丰富而奇特的想象力。

其实，瑶台仙草在一般的游仙诗作中并不少见，但是却没有人来描述它是如何种植的。而在这里，诗人则化腐朽为神奇，把日常生活中最平凡的事情——“赶牛耕地”幻化成了神奇的景象——“呼龙耕烟”，诗人的想象可谓新奇独特，别具一格。

然后，“粉霞红绶藕丝裙，青洲步拾兰苕春”。诗人继续描述自己在仙界的所见。这时，穿着艳丽服装的仙女，来到南海中草木茂密的仙洲青洲，边走边采摘仙花仙草。其中，“青洲”是传说中的仙山，这里山川秀丽，林木繁密，始终保持着春天的景色，这无疑也是一幅十分唯美而令人沉醉的画面。仙女们的悠然姿态，青洲怡人的环境，这一切的一切都凸显了天界生活的闲适和环境的优美，这是人世间无法相比的。

在现实社会中，诗人李贺虽怀有壮志却总是遭到不怀好意者的排挤和压迫，以至于他理想难伸，抱负难施，长期生活在苦闷烦忧之中。而在仙界之中，这一派无限美好的景象，令人快意舒适，心境平和。看来，这没有争斗、没有纷争的仙界才是诗人真正向往和追求的地方。

最后，“东指羲和能走马，海尘新生石山下”。最后两句，诗人用雄浑的笔墨选取了一人间景象进行描写和刻画。在青洲采集仙草的仙女，偶然俯首观望，指点说道：羲和驾着神车飞驰，东海三山周遭的海水又干了，变成了陆地。其实，这就是人们常说的沧海变桑田。天界之上，万物无声无息，可人世间却已经沧海桑田，面目全非了。

可见，天界绝非人世可比，人世间的变化之大和变化之快，是天界之人难以想象和感受的。对于天界之上的人来说，一切都是千年不变的，可是对于时光稍纵即逝的人世间来说，青春非常短暂，它经不起消耗，经不起时间的磨砺。显然，此时此刻，一种岁月虚度、时不我待的生不逢时之感深深地刺痛着诗人。诗人的大好年华，如今在现实社会中却只能任由它白白地流逝，而无法发挥它的价值，这不由得让诗人对社会现实和个人境遇产生强烈的不满，对理想中的未来生活充满无限的憧憬和向往。

富于幻想和创造的浪漫主义诗人，面对黑暗的现实、恶劣的环境时，往往要按照自己的理想和愿望，将眼前的现实环境经之以丰富的想象，纬之以炽烈的情感，精心地编织成一幅美妙的艺术图景。诗人李贺的《天上谣》正是这样编织出来的。在这首诗作中，诗人以浪漫主义的艺术手法，结合神话传说，创造出种种新奇瑰丽的幻境，虚构了一个天上乐园。当然，这里的仙境描写，并不是诗人用来逃避现实的，更主要的是用来体现诗人对理想世界的向往。诗人的理想在现实世界找不到归宿，便只好将它刻画在虚无的天国里。

官街鼓

晓声隆隆催转日，暮声隆隆呼月出。
汉城黄柳映新帘，柏陵飞燕埋香骨。
磓碎千年日长白，孝武秦皇听不得。
从君翠发芦花色，独共南山守中国。
几回天上葬神仙，漏声相将无断绝。

全诗大意如下：“拂晓隆隆的鼓声催促着太阳的升起，傍晚隆隆的鼓声催促着月亮的上升。汉城里嫩黄的春柳映照着更换的新帘，赵飞燕的香骨就埋葬在皇陵。鼓声捶碎了千百年的漫长时光，汉武帝、秦始皇也都不能再听到这官街的鼓响。任由你翠黑的头发变成芦花般的白发，只有鼓声与终南山一起厮守在京都长安。就算是天上也几次三番埋葬过神仙，只有这鼓声与漏声此起彼落，相伴不绝。”

“官街鼓”又称为“咚咚鼓”，是一种报时工具。可见，这是一首诗人感叹时间流逝的诗作。本来，时间是一种抽象的概念，看不见摸不着，但是诗人却把这种无形的东西以官街鼓的鼓声传递了出来，使人们形象而生动地感受到了时间这一抽象的事物。而在这个过程中，官街鼓正是时间流逝的“见证人”，是诗人描写时间的重要媒介。

事实上，从诗人李贺的生平遭际中，我们不难发现，李贺一生郁郁不得志，虽怀有壮志但却无用武之地，眼看大好青春虚度却无能为力、无可奈何，于是他对于时间的流逝特别敏感，也特别痛心。也正是因为这样，诗人把着眼点放在了时间上，通过丰富的浪漫主义想象，把抽象的时间和报时的鼓点结合起来，巧妙地利用“官街鼓”这一十分具有象征性的艺术形象来表现，以抒发诗人对人生的感慨。

“晓声隆隆催转日，暮声隆隆呼月出。”诗作的前两句开门见山地描述鼓声，但是这里诗人并非是简单直接地描述鼓声，而是以鼓声作为依托展示了一幅日月不停运转的画面。宏观宇宙，日月随着隆隆的鼓声运行升降，循环不已，这是一幅多么宏大的图景，而且在这图景之中伴随着隆隆不绝的鼓声。这样的描述，可谓既夸张又富有浪漫主义奇想。日月的运转本来是自然作用力的结果，而这里诗人驰骋想象，以“官街鼓”的鼓声来表现时间概念，可谓想象奇特，夸张大胆。这充分体现了诗人的浪漫主义情怀，展现了诗作的浪漫主义色彩。

接着，“汉城黄柳映新帘，柏陵飞燕埋香骨”。诗作三、四句，诗人转入对人间景象的描绘。在“官街鼓”的鼓声中，宫墙内春天的柳枝刚刚由枯转荣，吐出鹅黄色的嫩芽，可是宫中却传出美人死去的消息，真可谓世事无常，人生难料。由此，诗人为“官街鼓”蒙上了一层惊心动魄的气息。不仅如此，诗人在这里穿越古今，以汉朝赵飞燕的香消玉殒为背景而展开描写。可实际上，“官街鼓”乃是唐制，汉王朝并未曾使用。显然，诗人这是以浪漫主义想象为依据，把“官街鼓”这一工具塑造成自古已有的样子。

然后，“磓碎千年日长白，孝武秦皇听不得”。诗作的五、六句，诗人继续以对比的浪漫主义手法描写鼓声。鼓声捶碎了千百年的漫长时光，可是宇宙却永恒存在，但是秦始皇、汉武帝却再也不能听到这官街鼓的声响了。千年人事灰飞烟灭，这本属正常，但是在诗人的笔下，这千年的漫长时光却仿佛是被官街鼓声声不息的鼓声给“磓碎”的，这丰富而奇特的想象出人意料，令人备觉新颖。

同时，诗人在这两句诗中以对比的浪漫主义手法表现人生短促，时光易逝。昔时的“孝武秦皇”虽然成就了丰功伟绩，一心想要求仙长生，可是到最后他们依旧难逃时间的魔咒，在历史的长河中，在永不断绝的鼓声中不复存在。显然，时光飞驰，沧海桑田，唯有宇宙永恒不变、官街鼓鼓声不绝。但是，诗人并非讴歌“官街鼓”本身，而是感叹时光的消逝。当然，“孝武秦皇”时期并没有“官街鼓”这种报时工具，但是时间的概念却是一直存在的。

可见，人生有限与时间无限的矛盾是不可克服的。“从君翠发芦花色，独共南山守中国。”诗作的七、八两句，诗人就进一步说明了这一点，分别歌咏人生和官街鼓。正如诗人李白在其诗作中写的那样“君不见高堂明镜悲白发，朝如青丝暮成雪”，时间的流逝是不可阻挡且十分可怕的。可任由世人青丝变白发，但是那官街鼓的鼓声却永不断绝，这也就是说时间的长河是不会干涸断流的，它一直无声无息地向前流淌。

显然，人生是有限的而时间是无限的。而在表现这一观念的过程中，诗人充分地发挥了浪漫主义想象，他以“翠发芦花”说明人生的衰老和有限，以“独共南山”说明时间的恒久与无限，这一系列的修饰和描述，有力地显示了诗人丰富的想象力。

最后，“几回天上葬神仙，漏声相将无断绝”。结尾两句，诗人突发异想，对时间的描绘更进一步，诗人写道：天上的神仙也难免一死，不绝的只有官街鼓的鼓声。鼓声与漏声相继不断、万古长存。在这里，诗人运用了对比的浪漫主义表现手法，把“官街鼓”与神仙做对比，以凸显时间的永恒与无限。

这样的对比描写简直是令人惊叹。本来，时间无影无形，难以捉摸，比较抽象，因此描写时间的难度就比较大，可诗人还把时间这一抽象的概念与天上的神仙这一玄妙的人物做比较，这无疑使时间更加浪漫传奇。而天上的神仙已经死去几回，可隆隆鼓声却是始终如一，这更有力地烘托了时间的永恒与无限。要知道，在众人的观念里，神仙是长生不老甚至是不死不灭的，但是诗人在这里把神仙与官街鼓的鼓声相比，却说连世人羡慕的神仙寿命也是这样的短促而可悲。由此可想而知，人生的短促就不需多言了。

这充满浓郁浪漫主义色彩的想象和夸饰，使得官街鼓的鼓声成为世间唯一恒久的存在，体现了时间的恒久。毕竟，就连天界神仙也一样有衰老和死亡。当然，这里诗人对人生有限而时间无限的感慨，包含着诗人对世界、对人生的深沉感慨。诗人李贺命运多舛，仕途坎坷，怀才不遇，眼看大好青春虚度却无能为力，这无疑让诗人痛心疾首，心中无限苦闷。也正是因为这样，在元和五年（公元 810 年），唐宪宗与宰相大臣们谈到神仙长生之事时，诗人便借街头的鼓声来抒发感慨，寄寓心声。

第四章　宋朝时期的浪漫主义诗词

紧跟着唐朝诗歌的繁荣，宋朝成为继唐之后的又一个诗词艺术十分繁荣的朝代。在这一时期，政治冲突集中，诗人词家与世浮沉，命运多舛，但这也给诗人词家提供了浪漫主义创作最肥沃的土壤。也正是因为这样，宋朝时期涌现了大量的诗词大家，他们以浪漫主义的音调，喊出了时代的最强音，奏响了浪漫主义的高歌。

水调歌头（明月几时有）

丙辰中秋，欢饮达旦，大醉，作此篇，兼怀子由。

明月几时有，把酒问青天。不知天上宫阙，今夕是何年。我欲乘风归去，又恐琼楼玉宇，高处不胜寒。起舞弄清影，何似在人间。

转朱阁，低绮户，照无眠。不应有恨，何事长向别时圆。人有悲欢离合，月有阴晴圆缺。此事古难全。但愿人长久，千里共婵娟。

全诗大意如下："明月从什么时候才开始出现的？我端起酒杯遥问苍天。不知道在天上的宫殿，今晚又是何年何月。我想要乘着清风回到天上，又恐怕那美玉砌成的楼宇，让我受不住高耸九天的寒冷。月下的清影也跟着我的舞蹈摆出各种舞姿，哪里比得上在人间。"

"月儿转过朱红色的楼阁，低低地挂在雕花的窗户上，照着没有睡意的我。明月不该对人们有什么怨恨吧，为什么它偏在人们离别时才圆呢？人有悲欢离合的变迁，月有阴晴圆缺的转换，这种事自古难以周全。只希望这世上所有人都能平安健康，即便相隔千里，也能共享这美好的月光。”

这首词是词人苏轼于宋神宗熙宁九年（公元1076年）中秋时在密州（今山东诸城）所作。这一时期，词人苏轼因为反对变法，与当权的变法者王安石等人政见不同，自请外放，辗转在各地为官。在这个过程中，他曾经请求调任到离苏辙较近的地方为官，以求能够与兄弟多多聚会。但到密州后，他的这一愿望仍旧无法实现。这一年的中秋，皓月当空，银辉遍地，苏轼与胞弟苏辙分别之后，转眼已经七年没有团聚了。此刻，词人面对一轮明月，心潮起伏，于是乘酒兴正酣，挥笔写下了这首词作。

在这篇词作里，词人苏轼以浪漫主义的表现手法，神话传说的形式，形象地描绘、勾勒出了皓月当空，亲人远隔千里，孤高旷远的境界氛围，字里行间流露出词人复杂而又矛盾的思想感情。一方面，词人在词作中表明了自己远大的政治抱负。当时，词人已经年逾四十，并且远离京都，政治失意，但是对现实和理想仍然满怀信心。另一方面，词人遭贬失意，理想不得实现，并且遭到排挤，因而词人对现实社会产生强烈的不满，滋长了消极避世的情绪。但是，纵观全篇，我们不难发现，词作贯穿始终的是一种对生活的热爱以及积极向上的乐观主义精神。这是一位浪漫主义词人的内心真实情感，是词人豁达、豪迈性格的表现。词人苏轼不愧是中国数千年历史中被公认文学艺术造诣最杰出的大家之一。

“明月几时有，把酒问青天。不知天上宫阙，今夕是何年。我欲乘风归去，又恐琼楼玉宇，高处不胜寒。起舞弄清影，何似在人间。”词作的上阕，描写了词人望月的有感而发，其间既有逸兴壮思，而又脚踏实地，具有一份别致的雅量。

实际上，在大自然的景物之中，月亮是最具有浪漫色彩的，它常常能够引发人们的无限遐思和想象。而词人苏轼是一位性格豪放、气质浪漫的文学家，当他抬头遥望悬挂在天空中的明月时，不禁驰骋浪漫主义想象，任由自己的想象在天上人间自由翱翔。

就这样，词人把酒仰天长问“明月几时有”，这“把酒问青天”的豪迈情怀不禁使人想到大诗人李白的《把酒问月》和屈原的《天问》，他们的豪情不相伯仲。此时，月圆之夜，词人苏轼独居密州，与弟苏辙分居两地，加上他在政治上的失意，备感孤寂。于是，词人遥望明月，驰骋千里，把青天明月当成自己的朋友，把酒相问，追溯明月至宇宙的起源。这一举动无疑显示了词人苏轼豪放的性格和不凡的气魄，也使得诗作洋溢着一股浓烈的浪漫主义气息。

接着，词人把对明月的赞美和向往更进一步抒发出来。“不知天上宫阙，今夕是何年。”词人以大胆而丰富的想象，试问月宫是何年何月，这不羁的询问体现了词人对月宫的神往，也给月宫笼罩上了一层更加神秘的气息。

但是，词人苏轼想象这一定是个好日子，所以月亮才会这么圆，这么亮。也正是因为这样，词人对月宫更加喜爱。于是，词人接着说道："我欲乘风归去，又恐琼楼玉宇，高处不胜寒。"词人想要乘风飞向月宫，可又怕那里的楼宇太高，担心自己受不住那里的严寒。这几句写出了月宫的高寒、月亮的皎洁，以及词人对现实生活的热爱，把词人既向往天界又留恋人间的矛盾心理以浪漫主义的手法含蓄地表达了出来。

"我欲乘风归去"，词人之所以有这种脱离人世、飞天入月之心，一方面是来自他对宇宙奥秘的好奇，另一方面更主要的是来自他对现实世界的不满。对于苏轼来说，人世间有诸多的事情令他不称心、不满意，这些迫使词人幻想着能够摆脱人世烦恼，到琼楼玉宇中去过逍遥自在的神仙生活。

但是，"又恐琼楼玉宇，高处不胜寒"。这时，词人又被一种矛盾的思想打断。天上的"琼楼玉宇"虽然富丽堂皇，但那里却寒冷难耐，不可久居。这里词人故意找出天上的不足之处，显然是为了坚定自己留在人间的决心。一正一反，表露出词人对人间生活的热爱，写出词人既留恋人间又向往天上神仙生活的矛盾心理。而这种矛盾也能够更深刻地说明词人留恋人世、热爱生活的思想感情，显示了词人开阔的心胸与超远的志向，使得词作表现出一种旷达的意味。

"起舞弄清影，何似在人间。"词人觉得与其飞往高寒的月宫，还不如留在人间乘着月光起舞呢，更表明了词人热爱生活、留恋人间的态度和立场。在出世和入世的矛盾中，词人最终选择了入世，这强烈的情感、雄健的笔力令人印象深刻。

然后，词作的下阕，词人由中秋的圆月联想到人间的离别，感念人生的悲欢离合。“转朱阁，低绮户，照无眠。”此时，月光转过朱红的楼阁，低低地穿过雕花的门窗，照到了房中迟迟未能入睡之人。无疑，这里词人写出了自己对弟弟深深的怀念，也泛指那些中秋佳节因不能与亲人团圆而难以入眠的离人。

月圆人未圆，这是多么令人遗憾的事啊！于是，词人向明月发难。“不应有恨，何事长向别时圆。”明月为何总是在人们离别的时候才变圆呢？这一埋怨显示了词人对胞弟的深切思念，以及对无法与亲人团聚的离人们的深切同情。

但是，词人并未长时间地沉溺于这种离情别绪之中，而是以宽慰的语言来为明月开脱。“人有悲欢离合，月有阴晴圆缺。此事古难全。”人固然有悲欢离合，月也有阴晴圆缺。它有被乌云遮住的时候，有亏损残缺的时候，它也有它的遗憾，自古以来世上就难有十全十美的事。既然如此，人们又何必为暂时的离别而感到忧伤呢？显然，词人的心胸是旷达的，在一度的埋怨之后他随即想到月亮也是无辜的。

这三句对从人到月、从古到今做了高度的概括。从语气上，好像是代明月回答前面的提问，但实际上还是为了强调词人对人事的豁达，同时寄托词人对未来的希望。因为，月有圆时，人也有相聚之时。

最后，“但愿人长久，千里共婵娟”。词人突破地域的局限，意味深长地表达了自己的美好理想。既然人间的离别是难免的，那么只要亲人平安健康，即使远隔千里也可以通过明月把彼此的心沟通在一起。这里表达了词人旷达的态度和乐观的精神。这首词表达了词人对所有经受着离别之苦的人的美好祝愿。同时，这也体现了词人在处理人生重大问题时所持的态度，充分显示了词人博大的精神境界，使得词作具有丰富的浪漫主义内涵。

总之，这首词作是词人苏轼的代表作之一，也是一首别具特色、脍炙人口的传世佳作。在这首词作里，词人通过对月宫仙境的想象，营造了一种人间仙境的美好意境，表现出一种酒醉心明的感觉，在极富神秘色彩的探索和思考中，表现自己的矛盾思想与情感、人生体验与认识，使得诗作具有浓郁的浪漫主义色彩。

渔家傲（天接云涛连晓雾）

天接云涛连晓雾，星河欲转千帆舞。仿佛梦魂归帝所。闻天语，殷勤问我归何处？

我报路长嗟日暮，学诗谩有惊人句。九万里风鹏正举。

风休住，蓬舟吹取三山去！

全词大意如下：“水天相接，晨雾蒙蒙笼云涛。银河欲转，千帆如梭逐浪漂。梦魂仿佛又回到了天庭，天帝传话善意地相邀。关心地问道：你可有归宿？”

“我回报天帝说：路途漫长啊，又叹日暮时不早。学作诗，空有妙句人称道。长空九万里，大鹏冲天飞正高。风啊！请千万别停息，将我这一叶轻舟，直送往蓬莱三仙岛。”

这首词作是宋代著名女词人李清照的作品。词人李清照从小在良好的家庭环境中长大，是婉约派的代表人物，有“千古第一才女”之称。但是，李清照生逢乱世，命运多舛，后期饱经丧乱，颠沛流离，身心受到了沉痛的打击和极大的伤害。

宋钦宗靖康二年（公元 1127 年），金人大举南侵，俘获宋徽宗、宋钦宗父子，宋高宗南逃，李清照夫妇也随难民流落江南，漂泊异地。其夫赵明诚死后，李清照于宋高宗建炎四年（公元 1130 年）流落浙东一带，其间又弃衣奔走黄岩，雇舟入海，历经风涛之艰险。而这首《渔家傲》就作于此时。

在这首词作中，词人李清照把真实的生活状况融入梦境，以浪漫主义的艺术构思，采取梦游的方式，描述了词人对现实生活的强烈不满，抒发了词人空有才华却遭逢不幸的人生感慨。而且，在词作中，词人将梦幻与生活、理想与现实有机结合，用典巧妙，充分显示了词人性情中豪迈不羁的一面，也使得词作洋溢着浓郁的浪漫主义气息。也正因如此，这首《渔家傲》成了李清照词作中具有代表性的浪漫主义名篇。

“天接云涛连晓雾，星河欲转千帆舞。”在词作的一开头，词人就浓墨重彩地描绘了一幅辽阔、壮美的海天一色图。此时，水天相接，晨雾蒙蒙笼云涛。银河欲转，千帆如梭逐浪漂。这样开阔大气的境界，实为唐五代以及两宋词所少见。在这里，词人描写了天、云、雾、星河、千帆等景象，气势壮丽、视野宏大，而且词人将汹涌的波涛和弥漫的云雾自然地结合在一起，俨然形成了一种苍茫无际的景象。

同时，词人李清照除了描写连天的波涛和云雾，还描写了大浪兴起时的情景。此时，海上刮起了大风，无数的舟船在风浪中摇摆前进。船摇帆舞，星河欲转，词人这种丰富而大胆的浪漫主义想象，把舟船的摇动描绘成银河的流转，既富有生活的真实感，也具有梦境的虚幻性，这种虚虚实实的描写，为全篇笼罩了一层浓郁的浪漫主义色彩。

接着，词人李清照的梦境继续向前发展。而在海上经历了一番艰险的航行之后，词人的一缕梦魂仿佛飘进了高不可攀的天国，并且在那里还见到了天地万物的主宰——天帝。“仿佛梦魂归帝所。闻天语，殷勤问我归何处?”在这个词人幻想的仙界中，词人以丰富大胆的想象，温婉细腻的笔触描绘了一个态度温和、心系众生疾苦的帝君形象。显然，此时此刻词人需要一个慰藉者的形象出现，对词人前行的道路进行指引。因此，这三句中饱含着词人深厚的感情，寄寓了词人对未来美好生活的向往。

然后，在天帝的殷切问询下，词人做出应答："我报路长嗟日暮，学诗谩有惊人句。"人生路途漫长而时光渐晚，词人李清照虽然徒有诗才但是却壮志难酬，此刻却是空无用。显然，词人的内心充满孤寂，备感落寞。事实上，李清照少时便才华过人，"才力华赡，逼近前辈"，但在男女不平等的封建社会，尤其是在这国破家亡的战乱时刻，其才华被埋没，空有"利器"而不能有所作为。其中，"路长嗟日暮"就反映了词人晚年孤独无依的痛苦经历。

显然，此时词人李清照的心中充满苦闷，她在天帝的面前哭诉自己空有才华而遭逢不幸的悲惨遭遇。而一个"谩"字就道出了词人对现实社会强烈的不满，正巧遇上天帝，词人就一吐为快，尽情地抒发自己心中的愤懑和不平。要知道，在现实社会中，在流亡的过程中，词人李清照是欲诉无门的，这是一位生不逢时的诗词大家。

但是，这临海的山水，无边的风光也同时唤起了她内心积极乐观的豪情。于是最后，词人大声疾呼："九万里风鹏正举。风休住，蓬舟吹取三山去！"这里，词人进一步对海上的大风进行烘托和夸饰，虚实结合，风浪的形象和气势越发壮丽雄伟，境界也随之变得更加恢宏。此时，古代神话传说中的大鸟正在苍穹中御风飞翔，搏击长空，气势非凡。

而一声“风休住，蓬舟吹取三山去”更是将词人豪迈洒脱的性情融入其中，其大无畏的精神也随之跃然纸上，令人振奋鼓舞，堪称大家手笔。其中，“三山”指渤海中的蓬莱、方丈、瀛洲三座仙山，相传为仙人所居，凡人可以望见，但乘船前去，临近时即被风引开，终无人能到。这里，词人引用神话传说，希望借鹏抟九天的风力，将自己的舟船吹到三山，胆气之豪，境界之高，实乃女中豪杰。这充分显露了词人柔弱身躯之内豪放不羁的一面，展现了词人对未来美好生活的向往和憧憬，对目前困难处境的鄙夷和不屑。

总之，词人李清照的这首《渔家傲》景象壮阔，气势磅礴，基调豪迈，充溢着浓郁的浪漫主义气息。

江楼吹笛饮酒大醉中作

世言九州外，复有大九州。

此言果不虚，仅可容吾愁。

许愁亦当有许酒，吾酒酿尽银河流。

酌之万斛玻璃舟，酣宴五城十二楼。

天为碧罗幕，月作白玉钩。

织女织庆云，裁成五色裘。

披裘对酒难为客，长揖北辰相献酬。

一饮五百年，一醉三千秋。

却驾白凤骖斑虬，下与麻姑戏玄洲。

锦江吹笛余一念，再过剑南应小留。

全诗大意如下：“世人都说九州外，还有个更大的九州。这话如果不虚诳，也仅只能装下我的愁。有多少愁便该有多少的酒，为酿酒我用尽了天上银河的水。玻璃做的大酒杯斟上一万斛酒，饮遍了五城十二楼。天是那碧绿的罗幕，月牙作白玉的帐钩，织女织得祥云片片，裁制成五色的衣裘。披起裘衣，面对着美酒，无人共饮，深深作揖，邀那北极星，相互敬酒。一饮饮了五百个年头，一醉醉了三千个春秋。龙车凤驾，载着我四处神游，翩然而下，和麻姑在玄州嬉戏。锦江吹笛想升仙，心中闪过一念头：仙车再过剑南时，应短暂停留。”

这首诗作是宋代著名爱国诗人陆游的作品。诗人陆游出生在一个官宦家庭，可他生逢乱世，早年饱经颠沛流离之苦，加上受社会及家庭的影响，陆游“力主抗金，恢复中原”。不过，当时以宋高宗、秦桧为代表的主和派反对抗金，主张求和，因此陆游一生仕途坎坷，怀才不遇，政治理想和抱负在现实中屡屡受挫，不得施展。宋孝宗淳熙四年（公元 1177 年），诗人陆游闲居成都，南宋朝廷不思恢复，完全沉浸在苟安的和平里，诗人感伤时事写下了这首诗。

在这首诗作里，诗人陆游以浪漫主义的表现手法展开描写，在大醉之中想象着自己上天入地，与仙人共饮同游。实际上，在这种超凡脱俗的奇想背后，所抒写的却是诗人在现实生活中屡遭挫折，不得展其大志的深深苦闷和要求冲破阻碍的内心呼唤。同时，全诗运用神话传说的素材，奇幻超绝的想象，气势奔放豪迈，是一首具有浓郁浪漫主义色彩的诗作。

“世言九州外，复有大九州。此言果不虚，仅可容吾愁。”一开篇，诗人便以浪漫主义的情怀展开描述，直抒胸臆。这里，诗人陆游以土地面积的阔大来表现自己的愁思。世人都说九州外，还有个更大的九州。这话如果不虚诳，也仅只能装下我的愁。诗人虽然并没有写明自己的愁思，但是却借着描写九州把自己这份愁思无限夸大。

其中，“九州”是战国时期齐人邹衍主张的一种地理学说，他认为《禹贡》中所说的九州只是整个世界的一部分，在这个小九州以外，还有另外几个和九州相同的州，而以此类推，地球也只是宇宙的一部分，这就是所谓的大九州地理说。可见诗人此时描述的空间范围是极大的，但尽管是这么大的空间，才仅仅能够装下自己的哀愁。

显然，这是诗人的一种大胆的夸张，表明了诗人充塞天地之间的忧国忧民的愁思。无疑，这并非是个人的得失，而是关乎国运的大事。此时，国土沦丧、朝廷苟安、百姓痛苦，而诗人自己怀有壮志而不得施展，无处效忠，这一切的一切都郁结在诗人的心中，使得诗人忧愁满腹，无处宣泄，即使是这九州之外的大九州也似乎仅能装下诗人的愁思。可想而知，诗人的内心该是多么的忧愁烦闷，抑郁不欢。

而诗人这种无边无际的愁绪，或许也只有在纵饮大醉中得以释放和搁置了。“许愁亦当有许酒，吾酒酿尽银河流。酌之万斛玻璃舟，酣宴五城十二楼。”积郁在诗人胸中的忧愁烦闷是不可化解，难以言尽的，若要消愁，酒也要尽可能地多。也正是因为这样，诗人驰骋想象，把视角转移到了天上的银河。诗人要用全部银河之水来酿酒，要用玻璃杯斟上一万斛，要饮遍仙界中的五城十二楼。

这宏大的场景，人世间不可能见到，而只有天界才有。这万斛之舟，倾尽银河之水，如此盛大的场面，是要宴请谁呢？当然只能是神仙。此时，显然诗人已然飘入云间，与仙人共饮共游，似乎也只有这样才能消解诗人内心的忧愁，可见诗人内心的“愁”是多么大。而这也充分显示了诗人奇妙而大胆的浪漫主义想象。

接着，诗人对这次盛大的宴会进行极力渲染、描绘。“天为碧罗幕，月作白玉钩。织女织庆云，裁成五色裘。”显然这里，诗人的想象更是插上了翅膀，任其驰骋，想落天外。令人称奇的是，诗人将天界景物与人间日常生活通过浪漫主义想象联系起来。天如幕，月如钩，彩霞庆云犹如五色锦缎，这些大胆而丰富的想象和比喻，充分表现了这次天上盛宴的奇幻，也使得诗人的浪漫主义情怀得到淋漓尽致的展现。

然而至此，诗人的浪漫主义想象还没有结束。“披裘对酒难为客，长揖北辰相献酬。一饮五百年，一醉三千秋。”天上盛大的宴会可以说一切都准备妥当了，但是宾客未至，总不能一个人独酌吧。于是，诗人拱手邀请北辰参加宴会，跟自己相互敬酒。而且，这次饮酒，诗人可以说是酣畅淋漓，尽情尽兴，酣饮的时间之长，一曰“五百年”，一曰“三千秋”。诗人采用这种夸张的浪漫主义手法来描绘自己想象中的仙界乐事，其意兴豪情可谓直冲云霄。

最后，“却驾白凤骖斑虬，下与麻姑戏玄洲。锦江吹笛余一念，再过剑南应小留”。诗人在轻快愉悦地遨游仙境之时，忽然见到他眷恋的现实世界，心中顿起波澜。起初，诗人醉酒之后驾着鸾凤虬龙牵引的车遨游于天界，后又到玄洲仙境与麻姑嬉戏。其中“麻姑”是仙界的仙女，犹如人间宴会中的红巾翠袖。显然，这时诗人仍然充满浪漫主义情怀。而结尾两句诗人把视角转入现实世界。此时，当仙车再从剑南经过的时候，诗人不禁觉得吹笛、饮酒都只不过是小事，他在剑南所过的丰富生活还是十分值得眷恋的。

总之，诗人的这首诗作以自己内心的愁闷说起，以留恋剑南作结，中间抒写自己向往自由不羁生活的理想，这正是诗人以“恃酒颓放”罪名被免官以后，即将离蜀东归之前复杂心情的反映。而诗作中诗人丰富而奇特的想象，又结合神话传说之事，使得诗作具有浓郁的浪漫主义色彩。

念奴娇·过洞庭

洞庭青草，近中秋、更无一点风色。玉鉴琼田三万顷，著我扁舟一叶。素月分辉，明河共影，表里俱澄澈。悠然心会，妙处难与君说。

应念岭海经年，孤光自照，肝肺皆冰雪。短发萧骚襟袖冷，稳泛沧浪空阔。尽吸西江，细斟北斗，万象为宾客。扣舷独笑，不知今夕何夕。

全诗大意如下："洞庭湖与青草湖相连，浩瀚无垠，在这个中秋将至的时候，没有一丝风吹过的痕迹。是玉的世界，还是琼的原野？三万顷明镜般的湖水，载着我一叶细小的扁舟。皎洁的明月和灿烂的银河，在这浩瀚的湖中映出它们的模样，水面上下一片明亮澄澈。心里体会着万物的空明，却不知如何与君分享。"

"感怀这一轮孤光自照的明月啊，多少年徘徊于岭海之间，胸襟仍像冰雪一样透明。而此刻的我，正披着稀疏单薄的须发和衣袂，平静地泛舟在这广阔浩渺的湖中。让我舀尽西江清澈的江水，细细地斟在北斗星做成的酒勺中，请天地万物统统来做我的宾客，我尽情地拍打着我的船舷，独自开怀大笑啊，怎能记得此时是何年！”

这是南宋词人张孝祥泛舟洞庭湖时的借景抒怀之作。而张孝祥是南宋豪放词派重要的奠基人之一，在南宋前期的词坛上享有很高的地位。而且，张孝祥为人直率坦荡、气魄豪迈，作词时笔酣兴健，顷刻即成。这首《念奴娇·过洞庭湖》就是词人张孝祥广为传诵的代表作之一。当时，也就是宋孝宗乾道二年（公元1166年），词人张孝祥因为受政敌的谗害而被免职。于是，他从桂林北上，途经洞庭湖，即景生情，写下这首词作。

在这首词作里，词人张孝祥借助洞庭夜月之景，抒发了自己高洁、忠贞的情怀和豪迈气概，同时也透露出词人被贬谪之后的悲凉心境。而且，这里词人以豪放不羁的笔触展开描述，词作字里行间不乏浪漫主义想象和夸饰，使得词作具有浓郁的浪漫主义色彩。

“洞庭青草，近中秋、更无一点风色。玉鉴琼田三万顷，著我扁舟一叶。素月分辉，明河共影，表里俱澄澈。悠然心会，妙处难与君说。”词作的一开篇词人就交代了时间以及地点，这是在洞庭将近中秋的一个夜晚，然后词人一步步地描写湖面、小舟和银河。

词作的前两句“洞庭青草，近中秋、更无一点风色”。词人描写了将近中秋之际，浩瀚的洞庭湖与青草湖相连，水波不兴，连一点儿风的影子都没有，俨然一派秋高气爽、玉宇澄清的景色。其中，“青草”是指与洞庭湖连成一片的青草湖，又名巴丘河。这静美的景致就这样呈现在读者的面前。

接着，“玉鉴琼田三万顷，著我扁舟一叶”。在这美玉一般的偌大洞庭湖上，扁舟一叶简直恍若仙境，令人沉醉。其中，“玉鉴琼田”写出了洞庭湖水的明净光洁，而“三万顷”则极写了洞庭湖面的广阔，也与“扁舟一叶”构成了鲜明的对比，营造出了一种浩渺开阔的意境。如此的良辰美景，词人驾一叶扁舟畅游其中，该是多么的惬意啊。

然后，“素月分辉，明河共影，表里俱澄澈”。词人进一步描写月光下的湖面，此时皎洁的月亮把自己的光辉分给了湖水，水里的银河是天上银河的倒影，它们有着同样的形象。可见，此刻洞庭湖水面上下一片澄澈，天上、人间如同共处在一个玲珑剔透的琉璃世界中。词人丰富而浪漫主义的想象，使得广阔的洞庭湖面在月光、银河的辉映下显得格外壮美。而“表里俱澄澈”，这里除了写景，更寄寓了词人的思想境界，显示出词人高洁的品质。

上阕的最后二句“悠然心会，妙处难与君说”。词人这种思想境界是只可意会难于言传的，体现了此时此刻词人张孝祥心物相融的美妙体验。

在上阕一系列描述之后，词作的下阕转而侧重抒情表意。“应念岭海经年，孤光自照，肝肺皆冰雪。短发萧骚襟袖冷，稳泛沧浪空阔。尽吸西江，细斟北斗，万象为宾客。

扣舷独笑，不知今夕何夕。”此时，词人张孝祥独坐孤舟之内，看着万顷洞庭湖水，不禁即景生情，生发无限感慨。

“应念岭海经年，孤光自照，肝肺皆冰雪。”下阕的开头三句是词人张孝祥的内心独白。词人此时被贬，在岭南已经过了一年，可是词人仍旧无愧于心、胸怀坦荡，不管别人是否能够理解，他都始终保持着一份孤傲清高的心态。因此，词人他把自己置身于澄澈空阔的湖光月色之中，那湖水与月色是透明的，自己的心地、肝胆也是透明的，他觉得自己已经同大自然融为一体了。也正是因为这样，词人张孝祥虽然头发渐少，衣衫单薄，但在这寒凉的夜晚，他仍然稳稳地泛舟在这碧波浩渺的湖面上，内心仍然充满骄傲。

于是，词人张孝祥看着广阔的洞庭湖面，望着天上的明月银河，不禁情绪变得慷慨激昂，心潮澎湃。“尽吸西江，细斟北斗，万象为宾客。”这是全词的高潮所在，也是词人感情的高潮所在。此刻，词人竟然以主人自居，请万象为宾客，舀尽西江的水，用北斗七星作酒器，低斟浅酌地招待天地万物，这是何等气势，何等豪迈。一个被谗害免官的人，却如此自信，如此豪放，真有李白当年“青天有月来几时，我今停杯一问之”或“相看两不厌，只有敬亭山”此等大无畏的浪漫主义精神。

事实上，词人张孝祥自少年时代起，便具有潇洒倜傥的气质，豪放不羁的性格。虽然这时词人遭到贬谪，官场失意，但是词人豪放的精神和气概却丝毫没有消减。相反，越是在这种失落的环境中，越是能激发词人内心的豪迈之情。词人张孝祥的《念奴娇·过洞庭》则是将自身化为那月光，化为那湖水，一起飞向理想的澄澈之境。

因此，这三句是全词的点睛之笔，意境阔大，不同凡响，充分表现了词人豪迈、乐观的性格。最后，“扣舷独笑，不知今夕何夕。”词人延续着这种浪漫主义情怀，尽情地拍打着船舷，独自放声高歌，甚至都忘记了此时是何年。显然，词人此刻已经全身心地沉醉在这无边的景致之中，忘情于自己心灵与大自然的交融之中，自己遭贬的忧愁烦闷之情也一股脑儿地消失得无影无踪。

总之，词人张孝祥的这首《念奴娇·过洞庭》意象鲜明，意境深邃，想象瑰丽，词人以浪漫主义的表现手法表现了自己身上的浩然正气，使得词作充满了浓郁的浪漫主义色彩。

太常引·建康中秋夜为吕叔潜赋

一轮秋影转金波。飞镜又重磨。把酒问姮娥。被白发、欺人奈何。

乘风好去，长空万里，直下看山河。斫去桂婆娑。人道是、清光更多。

全诗大意如下：“一轮缓缓移动的秋月洒下万里金波，就像那刚磨亮的铜镜又飞上了天廓。我举起酒杯问那月中的嫦娥：怎么办呢？白发日增，好像故意欺负我似的。”

“我要乘风飞上万里长空，俯视祖国的大好山河。还要砍去月宫中摇曳的桂树枝杈，人们说，这将使月亮洒下人间的光辉更多。”

这首词是宋代著名词人辛弃疾的作品。而辛弃疾是南宋豪放派词人的杰出代表之一，被称为词中之龙，与苏轼合称“苏辛”，与李清照并称“济南二安”。同时，词人辛弃疾也是力主抗金的杰出代表人物之一。词人辛弃疾出生时北方就已经沦陷于金人之手。他的祖父辛赞虽在金国任职，却一直希望有机会能够拿起武器和金人决一死战，辛弃疾的祖辈和金人有不共戴天之仇，并常常带着辛弃疾“登高望远，指画山河”，加上，辛弃疾也亲眼看见汉人在金人统治下所受的屈辱与痛苦。这一切使他在青少年时期就立下了恢复中原、报国雪耻的志向，因而他有一种燕赵奇士的侠义之气。

词人的这篇词作作于宋孝宗淳熙元年（公元 1174 年）中秋夜，为赠友之作。当时词人辛弃疾任江东安抚司参议官，治所建康（今江苏南京）。这时词人南归已经整整十二年了。在这十二年间，词人为了收复中原，曾多次上书，力主抗金。虽然，词人辛弃疾对于抗金一事反复奏议，情绪慷慨激昂，一再陈说恢复之举，可始终被冷落一旁，不予采纳。就这样，在这种阴暗的政治环境中，词人便以诗词来抒发自己的心志。

在这首词作里，词人辛弃疾通过古代的神话传说，强烈地表达了自己反对妥协投降、立志收复中原失土的政治理想。而且，词人想象力丰富，把超现实的奇思妙想与现实中的思想矛盾结合起来，体现了词作浓厚的浪漫主义色彩，充分显示了词人的浪漫主义艺术功力。

“一轮秋影转金波。飞镜又重磨。把酒问姮娥。被白发、欺人奈何。”词的上阕，词人以浪漫主义的表现方式，巧妙地运用神话传说，构造出一种超现实的艺术境界，以寄托自己的理想与情怀，表达自己壮志未酬的苦闷情绪。

此时正值中秋，诗人对月抒怀，描写中秋的皎洁圆月似金波、似飞镜，词作字里行间充满浪漫主义想象。而且，“飞镜又重磨”既写出来月亮升起之动势，又让人感受到此时月亮的明亮耀眼。可以说，此时的月圆之夜是非常醉人的，恐怕再没有什么美景比如此的美景更加令人心醉神迷了。

可是，词人此时的心情却不是那么的欢乐。词人仰天望月，联系自己目前的处境，自然而然地想到了有关月亮的神话传说：吃了不死之药飞入月宫的嫦娥，以及月中高耸的桂树。在这里，词人就以嫦娥和桂树为写作的切之点，展开浪漫主义想象和描绘，从而抒发自己的政治理想和现实环境的冲突及矛盾。词人一生力主抗金，以恢复中原为己任，但是软弱苟安的统治阶级却使他的政治理想无法实现。想到功业无成、白发渐多，词人不禁仰天长问月中的嫦娥：“被白发欺人奈何。”

这一句仰天长问，可谓声泪俱下、摧心裂肝，饱含了词人纠结烦闷的情绪。白发欺人、壮志难酬，正是词人辛弃疾心情的写照。词人南归十年有余，抗金主张却始终遭到轻视和冷落，以至于“栏杆拍遍，无人会，登临意”。这其中有着词人无限的失落和哀怨，而这所有的情绪都在这一刻得到发泄和倾诉。词人纵酒豪饮，一吐心声，向月中嫦娥质问：是否是在有意地欺负自己，欺负一个抗金志士。显然，词人内心怀才不遇的郁闷和烦忧之情已达到极致。

然而，词人是一个豪放旷达的人，他不会沉溺于哀愁纠结中难以自拔。于是，词人笔锋一转，以天马行空的浪漫主义想象和夸饰，直接而强烈地表达了自己追求理想的美好愿望和坚定意志。

“乘风好去，长空万里，直下看山河。斫去桂婆娑。人道是、清光更多。”在这里，词人驰骋想象，直入月宫，幻想着砍去遮住月光的桂树。词人这种离奇而大胆的想象，使得词人强烈的政治理想越发地突显，这种壮志凌云的豪情也使得诗作笼罩了一层浓郁的浪漫主义色彩，颇有浪漫主义诗人李白“长风破浪会有时，直挂云帆济沧海”的气势。

同时，词人在这里所说的挡住月光的“桂婆娑”也饱含着丰富的象征意义。词人辛弃疾一心抗金，希望恢复中原，而这“桂婆娑”就暗指南宋朝廷内外的投降势力以及金人的势力。词人辛弃疾砍去月中桂树，实际上就是要扫除一切阻碍他恢复大业的反抗势力，扫除一切黑暗势力，把光明带给人间。这是词人毕生的政治理想和夙愿，他一生都为了抗金大业而不懈奋斗。而这一象征意义，是词人辛弃疾利用神话传说，借助于自己丰富大胆的想象和逻辑推断能力所塑造的形象来实现的，这充分显示了词人的浪漫主义情怀。

因此，词人辛弃疾的这首词作，运用神话传说的浪漫主义手法表现自己的政治理想和追求，来抒发词人现实中的苦闷情绪，具有浓郁的浪漫主义色彩。由此，我们不得不说，这是一首赋有浓厚浪漫主义色彩的优秀词作。

酹江月·和

乾坤能大，算蛟龙、元不是池中物。风雨牢愁无著处，那更寒虫四壁。横槊题诗，登楼作赋，万事空中雪。江流如此，方来还有英杰。

堪笑一叶漂零，重来淮水，正凉风新发。镜里朱颜都变尽，只有丹心难灭。去去龙沙，江山回首，一线青如发。故人应念，杜鹃枝上残月。

全词大意如下："大地如此广阔，你我都是胸怀大志的英雄豪杰，现在虽然如同蛟龙被囚禁在池中，但是蛟龙终会脱离小池，飞腾于广阔天地。秋风、秋雨煞人，再加上深秋的蟋蟀叫个不停，我心烦意乱、愁肠百结。你我有曹操横槊题诗那般的英雄气概，王粲登楼作赋那样的名士风流，都成了空中雪一般的往事。眼前长江滚滚，后浪推前浪，将来肯定还有英雄豪杰来完成你我未竟的事业。"

"现在，你我如落叶般随风飘零，又来到秦淮河畔，正是凉风吹来的那一刻。镜中的你我已两鬓白发，只是我们的英雄之心不会改变。我就要离开故都，被放逐到沙漠之地，回望故国的江山一片青色，离我越来越远。我此去只有一死，希望老朋友以后怀念我的时候，就听听树枝上杜鹃的悲啼吧，那是我的灵魂归来看望我的祖国。"

这首词是宋末著名爱国诗人文天祥的作品。文天祥本来是一个文官，可是为了反抗侵略者，保卫国家，他毅然决然地走上了战场，奋力抗击元军。可是，天不佑人，祥兴元年（公元1278年）十二月，诗人文天祥率兵与元军作战，不料兵败，在五坡岭（今广东海丰县北）被俘。次年四月，文天祥被押往元大都（今北京），其中一起被押解北行的还有他的同乡好友邓剡。在途经金陵（今江苏南京）之时，邓剡因病暂留天庆观就医，而文天祥则继续被押解北上。

临别之际，好友邓剡写了一首《酹江月·驿中言别》赠予文天祥，词中邓剡对国家的不幸表示了极大的愤慨，对文天祥的爱国壮举表示了热忱的赞颂。而文天祥就写下了这首《酹江月·和》以酬答邓剡。

在这首词作中，文天祥以浪漫主义豪情描写了自己被俘之后的囚徒生活以及由此而产生的感慨，表明词人不但自己宁死不屈，而且深信未来将有更多的英雄豪杰会起来继续进行斗争。纵观全词，词人直抒胸臆，激昂慷慨，苍凉悲壮，词作充分表现出了词人对南宋王朝的耿耿忠心以及高尚的民族气节，而词人积极豪迈的词句也使得整首词作具有浓郁的浪漫主义色彩。

"乾坤能大，算蛟龙、元不是池中物。风雨牢愁无著处，那更寒虫四壁。"词作一开篇，词人就以非凡的气势写出了天地乾坤的辽阔，并且掷地有声地表明英雄豪杰决不会向元朝低头屈服，一旦时机成熟，他们就会像蛟龙出池、腾飞云间、一展抱负。其中，"乾坤能大"一句词人以天地的辽阔象征英雄豪杰的报国之志，表明词人和友人虽然目前身陷囚笼，但是一颗报国之心却始终未变，他们深信广大人民的反抗意志并没消沉，光复大业指日可待，自己还能够在辽阔的天地之间尽忠报国，抗击敌军。

而"算蛟龙、元不是池中物"。词人又把自己和友人以及一众的英雄豪杰比喻成海中蛟龙，此时他们只不过是一时困于浅滩、囿于池中，终有一日能够冲破牢笼，再次飞腾在广阔的天地之间。显然，在这两句中，词人充满了豪情壮志，虽然兵败被俘，可仍雄心不改，报国抗元之心不改。当然，词人乐观自信的态度也跃然纸上，读来令人鼓舞振奋。

接着，词人文天祥把描写的笔触转移到了眼前所看到的凄衰景象。“风雨牢愁无著处，那更寒虫四壁。”秋风秋雨愁煞人，深秋的蟋蟀也一直叫个不停，让人听着心烦意乱、愁肠百结。可见，词人被困于牢房之中，环境是异常恶劣的，而外面的秋风秋雨也让人倍感凄凉，叽叽喳喳叫个不休的深秋蟋蟀也撩动着词人的思绪，让词人的心中充斥着复杂的情感。

同时，词人笔下凄苦的囚徒生活，也隐约传递出了词人内心的沉痛。遭此民族浩劫，元兵所到之处皆已江山易主，国家岌岌可危，想到这里，诗人不禁长夜难寐，愁肠百结。他感叹自己身陷牢笼，无法收拾河山，重振乾坤。

不过，词人毕竟是一个豪情满怀的豪杰，他不会任由哀怨的情绪蔓延。于是，词人写道：“横槊题诗，登楼作赋，万事空中雪。江流如此，方来还有英杰。”在这里，词人笔锋一转，说道：虽然像横槊题诗的曹操，登楼作赋的王粲等英雄豪杰都已经逝去，一切成空，但眼前的滚滚长江，后浪推前浪的壮阔景象，却使他重振精神。他相信，将来肯定还会有英雄豪杰崛起，来完成抗元复国的大业。

显然，此时词人文天祥的情绪由失落又转为激昂，对国家和民族的未来充满了信心。可见，在上阕中，词人总体上情绪高昂，激情澎湃，虽居囚笼但仍具有积极的浪漫主义情怀，对抗元复国大业充满积极乐观的态度。

下阕，词人与好友道别。“堪笑一叶漂零，重来淮水，正凉风新发。镜里朱颜都变尽，只有丹心难灭。去去龙沙，江山回首，一线青如发。故人应念，杜鹃枝上残月。”此时，词人与好友邓剡离别在即，不禁感慨万千，既感叹了自己的处境又表达了为家为国的赤子之心和满腔抱负，读来不禁让人潸然泪下。由此，我们不难看出，词人是在用生命和鲜血与好友辞别，与祖国传情。

起首三句“堪笑一叶漂零，重来淮水，正凉风新发”。词人笑谈自己和好友邓剡身不由己，随秋风流落到秦淮河畔，身陷囹圄。其中，“重来淮水”包含了词人深切的哀愁和感慨。宋恭帝德祐二年（公元1276年），文天祥出使元营，因痛斥敌帅伯颜，被拘押至镇江，伺机脱逃，在淮水和敌骑数次相遇，历尽艰难才得南归，而这次词人被俘又至淮水，故曰“重来”。无疑，这简单的两个字饱含着词人复杂的情感。

接着，“镜里朱颜都变尽，只有丹心难灭”。词人再次表达自己矢志不渝、坚贞不屈的决心：虽然天不假年，即使是朱颜变尽，青丝成白发，词人的一颗赤子丹心也始终不改。由此，词人激昂慷慨的情绪，忠义豪迈的意气跃然纸上，炽热忠贞的爱国情怀令人肃然起敬。虽然，这首词作创作于词人被俘押解途中，但是词人并没有绝望，也并没有放弃自己的理想和抱负，而是一如既往，丹心如磐石。

“去去龙沙，江山回首，一线青如发”三句，诗人描写他设想此去北国，在沙漠中回望中原的情景，表达了词人渐行渐远时对祖国深切的依恋。而收尾两句“故人应念，杜鹃枝上残月”，更表达了词人的一腔忠愤：即使为国捐躯，词人也要化作杜鹃归来，生为国家战斗，死后魂归故国。显然他把自己的赤子之心和满腔血泪都凝聚在这结尾两句之中。

总之，文天祥的这首《酹江月·和》宛如沉沉夜幕中的一道闪电、一声惊雷，让人们在绝望中看到希望。而且，词人情绪慷慨激昂、苍凉悲壮，使得词作具有积极乐观的浪漫主义色彩，给人留下了无比深刻的印象。